U0112567

国家古籍整理出版专项经费资助项目

唐 宋 小 品 丛 书

欧明俊　主编

苏轼小品

〔宋〕苏轼◎著　　王文君◎注评

中州古籍出版社

· 郑州 ·

图书在版编目 (CIP) 数据

苏轼小品 / （宋）苏轼著；王文君注评 . —郑州：中州古籍出版社，2020. 12（2022. 2 重印）

（唐宋小品丛书 / 欧明俊主编）

ISBN 978-7-5348-9529-6

Ⅰ . ①苏… Ⅱ . ①苏…②王… Ⅲ . ①小品文 – 作品集 – 中国 – 宋代 Ⅳ . ① I264.4

中国版本图书馆 CIP 数据核字（2020）第 239608 号

SU SHI XIAOPIN

苏轼小品

选题策划	梁瑞霞
责任编辑	张　雯
责任校对	岳秀霞
装帧设计	书籍/设计/工坊 刘运来工作室

出 版 社	中州古籍出版社（地址：郑州市郑东新区祥盛街 27 号 6 层 邮编：450016　电话：0371-65788693）
发行单位	河南省新华书店发行集团有限公司
承印单位	河南新华印刷集团有限公司
开　　本	787 mm × 1092 mm　　1/32
印　　张	9.75
字　　数	200 千字
版　　次	2020 年 12 月第 1 版
印　　次	2022 年 2 月第 2 次印刷
定　　价	48.00 元

前　言

　　苏轼，字子瞻，号东坡居士，眉州眉山（今四川眉山）人，生于仁宗景祐三年十二月十九日（1037 年 1 月 8 日），卒于徽宗建中靖国元年（1101），终年六十五岁。他是我国历史上伟大的文学家，一直受到人们的敬仰和喜爱。他身为北宋文坛领袖，在散文方面和欧阳修并称"欧苏"，是"唐宋八大家"之一；在诗歌方面与黄庭坚并称为"苏黄"，甚至有"诗到苏黄尽"之说；在词上则与后来的辛弃疾并称为"苏辛"，是宋词豪放一派的代表。此外，苏轼也精通书、画，有被誉为"天下第三行书"的《黄州寒食诗帖》，还有著名的《竹石图》和《枯木怪石图》等。他对诸子百家、中医中药、佛教道教、音乐舞蹈、饮食养生、天文博物等方面都有深湛的研究，可以说，

"苏轼是全才式的艺术巨匠"（北京大学李志敏）。

　　苏轼年仅二十一岁便因嘉祐二年（1057）的科举名动京师，然而这不过是他起起落落人生的开端，"路长人困蹇驴嘶"才是生活的真相。但是他从未放弃过对文字的追求，磨难和才华的碰撞，成就了独一无二的苏东坡。就其小品文而言，其中有人生之路上观风赏月的且行且吟，有对妻子、弟弟、朋友最真切的信任与思念，有赏评书画的精到，也有专注于种稻、酿酒的闲暇之趣，倾注了对烟火生活的全部热爱。

　　他一生走过的地方众多，不管是任职的地方如凤翔、徐州、湖州、杭州、密州，还是被贬谪的地方如黄州、惠州、儋州，或是迁徙途中路过的名胜古迹、自然山水，都留下了不少笔墨。游记中有苏轼初入官场时在凤翔久旱逢甘霖与民同乐的喜悦，有在徐州放鹤亭与张天骥饮酒观鹤、看草木际天、千里一色的清雅闲放，也有因"乌台诗案"流落到黄州后的伤感。

　　虽然"平生文字为吾累"，但苏轼的文字对得起经历过的苦难。当他在黄州的坡地上尽心尽力成为一名农民时，也能从黄州山中的一株海棠上看到造物者的深意。苦难不仅使其能与陶渊明真正进行对话，也使他的文字有了风花雪月外的自由与朴拙。他还是会在夜晚起身去看至美的月光、至丽的竹影，也希望能放浪江海间看白云左绕、清江右洄。他感慨"江山风月本无常主，闲者便是主人"，用闲人之趣拥抱这世间万物。一篇篇游记中能感知到清风明月间的白芷秋兰、纵情山水间的肆意、贬谪时光中的悲凉。他爱这世上的山石竹木、水波烟云，信笔写来才能起于当起、止于当止，犹如行云流水，达到了"一语天然万古新，豪华落尽见真淳"的境界。

在苏轼笔下，许多无生命的事物都与生命、岁月和情感有着不可分割的联系，酒、明月、江海、石头莫不如是。仅就酒而言，他笔下有酿酒、品酒、独酌、共饮，每一种都能够自得其乐，又能够"独乐乐不如众乐乐"。似乎可以将所有的喜悦、悲伤都融入酒中。即便是石头，在他笔下也有不少新意：他用饼换来小孩子手中的怪石，然后收集起来送给佛印作为供品，僧俗对话间，颇有玄理。苏轼还曾画怪石古木让贾耘老"饱腹"，谐趣的语言间可见他早已超越对物的热爱，更看重人与人之间的情谊。

苏轼的文中有最真实的人间情。他敬重自己

的师长，《贺欧阳少师致仕启》的字里行间是为天下叹息身为老成大臣的欧阳修的离开，更深的意思则在为欧阳修明哲保身而喜，虽为骈体，读来却觉得有古文之风，潇洒自然。《记与欧公语》中，却又不失谐趣。《答秦太虚书》写家常琐事，平直动人，他宽慰他的学生秦观，虽"廪入既绝，人口不少"，但终究"胸中都无一事"。他爱他的朋友们，赤壁下、石钟山中、黄山上、安国寺内，都有他们一起谈文、写字、作画、唱词、喝酒的经历。

　　苏轼一生中最为重要的情感依靠来自家人，他们往往因日常的琐碎生活入文。他会自得于妻子王闰之不仅能诊断出牛的病症，还能够对症下药；自嘲于收获大麦后吃大麦时的"小儿女相调，云是嚼虱子"；欣然于和儿子苏过游白水佛迹院，爬山看瀑布、观山火、看山月。而弟弟苏辙往往是他的第一倾诉对象，他会向苏辙分享自己的文学见解，探讨陶渊明诗歌的"质而实绮，癯而实腴"，也会分享生活的趣事和美食。拮据的惠州生活中，苏轼从屠夫那里买来羊脊骨剔肉而食，调侃这是尚在庙堂之中的苏辙体会不到的美味。寒来暑往、秋收冬藏间，家人给予他度过人生苦难的力量。在无常的人生中，他们互相取暖、彼此慰藉。

　　《黄州寒食诗帖》《西楼帖》《枯木怪石图》《竹石图》既是苏轼个人才华的展现，也是他精当独到的鉴赏能力的来源。所以他的题跋将自己对唐代文化的感悟渗入到唐诗评论中，将自己的书法创作体会融入书法评论中，又将学画的经验运用到画作的评论中，最终又将文学与艺术融通。所以他评王维"诗中有画""画中有诗"，他讲究画作的"虽无常形，而有常理"，他品评文同的"成竹在胸"，他指出"贵神似而不重形似"，全都切中艺术的要害。

　　苏轼是善处困境的人，即便是经历南北奔走不定的困苦，身心都蒙受极大的伤害时，他也记叙了一地又一地的生活片段，最终都证明了"此心安处是吾乡"。他明白到不了的地方，或许可以停下感凉风有信而秋月无边，何必拘泥于到或者不到呢？因此，苏轼在六十二岁的高龄，万死投荒之余远赴儋州时，仍能安于自己的内心。"天地在积水中，九州在大瀛海中，中国在少海中，有生孰不在岛者？"谁又不是在人生的孤岛之中呢？看着这远离大陆的海岛上粗疏的竹木、细碎的雨水，坦然接受自己所经历的一切。既不必为理想所累，也不看破红尘，只是庆幸"尚有此身，付与造物"。他还是活得那样有滋有味：酿酒、读书，彻底融入这"民夷杂糅，屠酤纷然"的人间生活中。

从生活中得到生命的真谛，是苏轼经历了万里飘摇、坎坷起伏之后的体悟。他的散文中有他的惊悸和难过，有坦然与豁达，有人生中永难逃脱的孤独和空漠，以及无常世界中的疲惫应对。他的才华、聪明、风趣，纵横捭阖在这文字间，成为永远都说不完的话题。时至今日，我们仍然读"明月几时有"，与他一起"诵明月之诗，歌窈窕之章"，不管你的人生是得意还是失意，是高朋满座还是众叛亲离，是花团锦簇还是人走茶凉，都能与苏轼的文字相遇。

本书依照丛书的安排，选取苏轼作品中篇幅相对短小的文章近百篇。其中卷一为游记，卷二为题跋，卷三为尺牍，卷四则是涉及生活方面的一些趣文。对所选的文字，主要采用卷首冠以项煜序的《东坡先生全集》为底本，此外一些文字选自通行的涵芬楼铅印本《东坡志林》，以《苏文忠公全集》等为校本，因非学术著作，不再出校记。限于笔者的学识，其中肯定仍有不少问题，敬请方家指正。

目　录

卷一　游记

卷三　尺牍

卷一 游记

清风徐来，水波不兴。
举酒属客，
诵明月之诗，歌窈窕之章。

喜雨亭①记

亭以雨名，志喜也。古者有喜，则以名物，示不忘也。周公得禾，以名其书②；汉武得鼎，以名其年③；叔孙胜狄，以名其子④。其喜之大小不齐，其示不忘一也。

余至扶风⑤之明年⑥，始治官舍，为亭于堂之北，而凿池其南，引流种树，以为休息之所。是岁之春，雨麦于岐山⑦之阳，其占为有年。既而弥月不雨，民方以为忧。越三月乙卯⑧乃雨，甲子又雨，民以为未足，丁卯大雨，三日乃止。官吏相与庆于庭，商贾相与歌于市，农夫相与抃⑨于野，忧者以乐，病者以愈，而吾亭适成。

于是举酒于亭上，以属客而告之曰："五日不雨，可乎？"曰："五日不雨，则无麦。""十日不雨，可乎？"曰："十日不雨，则无禾。"无麦无禾，岁且荐⑩饥，狱讼繁兴，而盗贼滋炽，则吾与二三子，虽欲优游以乐于此亭，其可得耶？今天不遗斯民，始旱而赐之以雨，使吾与二三子，得相与优游而乐于此亭者，皆雨之赐也。其又可忘耶？

既以名亭，又从而歌之，曰："使天而雨珠，寒者不得以为襦。使天而雨玉，饥者不得以为粟。一雨三日，繄⑪谁之力？民曰太守⑫，太守不有。归之天子，天子曰不然。归之造物，造物不自以为功。归之太空，太空冥冥。不可得而名，吾以名吾亭。"

【注释】

①喜雨亭：位于今陕西宝鸡凤翔区东湖中，是北宋嘉祐七年（1062）苏轼在凤翔府任签书判官时所建。

②"周公"二句：据《尚书·微子之命》，周成王的弟弟唐叔得到一棵两株苗合生一穗的谷子，献给周成王，成王又转送给周公，周公遂作《嘉禾》一篇以表谢意。此文《尚书》仅存篇名。

③"汉武"二句：据《史记·孝武本纪》，公元前116年汉武帝得宝鼎，于是改年号为元鼎。

④"叔孙"二句：据《左传·文公十一年》，鲁文公派叔孙得臣抵抗北方狄人入侵，叔孙得臣取胜并俘获北狄国君侨如。后来叔孙得臣把自己的儿子宣伯改名为侨如，以此表其功。

⑤扶风：旧郡名，即凤翔府，苏轼在宋仁宗嘉祐六

年（1061）任凤翔签书判官。

⑥明年：即嘉祐七年（1062）。

⑦岐山：在凤翔东北，今陕西岐山县境。

⑧乙卯：纪日的干支数，下文"甲子""丁卯"同。

⑨抃（biàn）：拍手，鼓掌，表示欢喜。

⑩荐：频仍，屡次。

⑪繄（yī）：句首语气词，相当于"惟""唯"。

⑫太守：官名，战国时为郡守尊称，宋以后改郡为府、州，习称知府、知州为太守。此处指当时的凤翔太守宋选，字子才，荥阳（今河南荥阳）人。

【赏读】

任职凤翔是苏轼政治生涯的开始。时年二十六岁的苏轼携妻子王弗和长子苏迈离开父亲苏洵和弟弟苏辙，这也是他人生第一次真正意义上与父亲及弟弟分离。赴任时途经渑池，想到嘉祐元年（1056）与弟弟入京应试的场景，写了一首《和子由渑池怀旧》：

> 人生到处知何似？应似飞鸿踏雪泥。
>
> 泥上偶然留指爪，鸿飞那复计东西？
>
> 老僧已死成新塔，坏壁无由见旧题。
>
> 往日崎岖还记否？路长人困蹇驴嘶。

从此开始了他的仕途。凤翔曾几度遭遇严重的旱灾，因此雨水尤其是及时的雨水自然是显得可喜的。在《和子由闻子瞻将如终南太平官溪堂读书》中，苏轼就提到"中间罹旱暵，欲学唤雨鸠"，幻想着自己能够像传说中的斑鸠一样唤来甘霖。所以当嘉祐七年（1062）一场及时雨降临的时候，他就将欣喜之情诉诸《喜雨亭记》中。

　　文中写尽了得雨之喜："官吏相与庆于庭，商贾相与歌于市，农夫相与抃于野，忧者以乐，病者以愈，而吾亭适成。"若没有得雨之喜，便没有此亭中的唱和喜乐了。"久旱逢甘霖"的喜悦，充分体现出苏轼身为一地官员与百姓同忧共乐的感情。

墨妙亭记

熙宁四年十一月，高邮①孙莘老②自广德③移守吴兴④。其明年二月，作墨妙亭于府第之北，逍遥堂之东，取凡境内自汉以来古文遗刻以实之。

吴兴自东晋为善地，号为山水清远。其民足于鱼稻蒲莲之利，寡求而不争。宾客非特有事于其地者不至焉。故凡守郡者，率以风流啸咏投壶⑤饮酒为事。自莘老之至，而岁适大水，上田皆不登⑥，湖人大饥，将相率亡去。莘老大振廪劝分⑦，躬自抚循劳来⑧，出于至诚。富有余者，皆争出谷以佐官，所活至不可胜计。当是时，朝廷方更化立法⑨，使者旁午⑩，以为莘老当日夜治文书，赴期会⑪，不能复雍容自得如故事。而莘老益喜宾客，赋诗饮酒为乐，又以其余暇，网罗遗逸⑫，得前人赋咏数百篇为《吴兴新集》，其刻书尚存而僵仆断缺于荒陂野草之间者，又皆集于此亭。是岁十二月，余以事至湖⑬，周览叹息，而莘老求文为记。

或以谓余：凡有物必归于尽，而恃形以为固者，

尤不可长。虽金石之坚，俄而变坏，至于功名文章，
其传世垂后，犹为差久。今乃以此托于彼，是久存者
反求助于速坏。此既昔人之惑，而莘老又将深檐大屋
以锢留之，推是意也，其无乃几于不知命也夫。余以
为知命者，必尽人事，然后理足而无憾。物之有成必
有坏，譬如人之有生必有死，而国之有兴必有亡也。
虽知其然，而君子之养身也，凡可以久生而缓死者无
不用，其治国也，凡可以存存而救亡者无不为，至于
不可奈何而后已。此之谓知命。是亭之作否，无足争
者，而其理则不可以不辨。故具载其说，而列其名物[14]
于左云。

【注释】

①高邮：地名。西汉始设高邮县，南北朝时置郡。
宋开宝四年（971），置高邮军，辖境为今江苏高邮、兴
化、宝应等地，为淮扬间繁华之地。

②孙莘老：孙觉，字莘老，高邮（今江苏高邮）人，
仁宗皇祐元年（1049）进士。神宗即位后，召知谏院、
审官院，因反对青苗法，谪知广德军，历湖州、庐州，
后召为太常少卿，改秘书少监。哲宗立，拜御史中丞。
为苏轼好友。

③广德：地名。今安徽省东南部，在浙江、江苏两

省交界处。

④吴兴：地名。三国吴宝鼎元年（266）置，取"吴国兴盛"之意。治乌程（今浙江湖州）一带。隋开皇九年（589）废，唐天宝、至德年间又曾改湖州为吴兴郡。

⑤投壶：古代宴会时的娱乐活动，大家轮流把筹投入壶中，投中少者须饮酒，是从先秦延续至清末的汉民族传统礼仪和宴饮游戏，来源于射礼。

⑥不登：没有收成。登，谷物成熟。

⑦振廪（lǐn）劝分：开仓赈济，劝有余粮者分给无粮者。

⑧抚循劳来：巡视灾情，慰问、安顿归来的灾民。循，古同"巡"，巡行。劳，用言语或实物慰问。

⑨更化立法：指北宋神宗时期的王安石变法。更化，改制、改革。

⑩旁（bàng）午：交错，纷繁。比喻事物繁杂。

⑪赴期会：到处奔走推行各项政令。期会，在规定期限内实施政令。

⑫网罗遗逸：指广泛收集以往散佚的诗文作品。

⑬余以事至湖：指苏轼任杭州通判时，曾被派往湖州去检查堤坝。

⑭名物：指墨妙亭中所藏的文物。

【赏读】

熙宁五年（1072），时任杭州通判的苏轼到湖州查看堤岸，湖州知州孙莘老请其为墨妙亭作记。该亭是孙莘老知湖州时所建，收藏着湖州自汉代以来的古文石刻。

此文虽名为《墨妙亭记》，其实写的是孙莘老的政绩与苏轼的天命观。文中所写孙莘老知湖州的事迹，表明苏轼对为官一地的孙莘老的佩服。吴地素来是繁华之地，到此地的官员"率以风流啸咏投壶饮酒为事"，热衷于文人间的风雅逸事。孙莘老知湖州期间，却经历了一场水患。据记载，神宗熙宁四年（1071）冬，孙莘老自广德军移任湖州太守，第二年湖州就遭遇了水灾。当时居住在湖州的人都竞相离开这里，孙莘老却参与到了这场抗洪救灾的活动中，呼吁当地富人开仓赈济灾民，得到了民众的拥戴。若干年后苏轼到徐州任职，同样是遭遇了水害，当苏轼挽起裤脚行走在泥水中的时候，大概也能想起自己的好友孙莘老吧。

墨妙亭所收藏的古文石刻，在苏轼的《孙莘老求墨妙亭诗》中多有阐发，其诗称：

兰亭茧纸入昭陵，世间遗迹犹龙腾。

颜公变法出新意，细筋入骨如秋鹰。

徐家父子亦秀绝，字外出力中藏棱。

峄山传刻典刑在，千载笔法留阳冰。

杜陵评书贵瘦硬，此论未公吾不凭。

短长肥瘠各有态，玉环飞燕谁敢憎？

吴兴太守真好古，购买断缺挥缣缯。

龟趺入座螭隐壁，空斋昼静闻登登。

奇踪散出走吴越，胜事传说夸友朋。

书来乞诗要自写，为把栗尾书溪藤。

后来视今犹视昔，过眼百世如风灯。

他年刘郎忆贺监，还道同时须服膺。

　　王国维也曾写过一篇《墨妙亭记》，曰："昔东坡之记是亭也，假客之言，谓'有物必归于尽，虽金石之坚，俄而变坏，至于功名、文章，其传世垂后，犹未差久。今乃以此托于彼，是久存者反求助于速坏'，以此质疑于莘老，而自以为'知命者必尽人事释之'。今湖州石刻与亭俱亡，而'墨妙亭'之名，反借东坡之文以传，则东坡之言信矣。"

超然台①记

　　凡物皆有可观。苟有可观，皆有可乐，非必怪奇瑰丽者也。餔糟啜醨②皆可以醉，果蔬草木皆可以饱。推此类也，吾安往而不乐？夫所为求福而辞祸者，以福可喜而祸可悲也。人之所欲无穷，而物之可以足吾欲者有尽。美恶之辨战乎中③，而去取之择交乎前，则可乐者常少，而可悲者常多，是谓求祸而辞福。夫求祸而辞福，岂人之情也哉？物有以盖之矣。彼游于物之内，而不游于物之外。物非有大小也，自其内而观之，未有不高且大者也。彼挟其高大以临我，则我常眩乱反复，如隙中之观斗，又乌知胜负之所在？是以美恶横生，而忧乐出焉。可不大哀乎！

　　余自钱塘④移守胶西⑤，释舟楫之安，而服车马之劳；去雕墙之美，而庇采椽之居⑥；背湖山之观，而行桑麻之野。始至之日，岁比⑦不登，盗贼满野，狱讼充斥，而斋厨索然，日食杞菊⑧。人固疑余之不乐也。处之期年，而貌加丰，发之白者，日以反黑。余既乐其风俗之淳，而其吏民亦安予之拙也，于是治其园圃、洁其庭宇，伐安丘、高密之木以修补破败，为苟全之计。而园之北，因城以为台者旧矣，稍葺而新之。时相与登览，放意肆志焉。南望马耳、常山，出没隐见，若近若远，庶几有隐君子乎？而其东则卢山，秦人卢敖⑨之所从遁也。西望穆陵⑩，隐然如城郭，师尚父⑪、齐桓公⑫之遗烈犹有存者。北俯潍水，慨然太息，思淮阴⑬之功，而吊其不终。台高而安，深而明，夏凉而冬温。雨雪之朝，风月之夕，余未尝不在，客未尝不从。撷园蔬，取池鱼，酿秫酒，瀹⑭脱粟而食之，曰：乐哉游乎！

方是时，余弟子由⑮适在济南，闻而赋之，且名其台曰"超然"。以见余之无所往而不乐者，盖游于物之外也。

【注释】

①超然台：在今山东诸城，北宋熙宁七年（1074）苏轼被调任密州知州，次年修复一座残破的楼台，苏辙名之曰"超然"。

②铺（bū）糟啜醨（lí）：食酒渣，饮淡酒。语出《楚辞·渔父》："众人皆醉，何不铺其糟而啜其醨。"醨，薄酒。

③战乎中：在内心中争斗。

④钱塘：旧郡名，即今浙江杭州。此前苏轼曾任杭州通判。

⑤胶西：旧郡名，宋代为密州，指胶河以西的地区，治所在今山东诸城。

⑥采椽之居：指简陋的房屋。语出《韩非子·五蠹》："茅茨不翦，采椽不斫。"

⑦比：屡屡，常常。

⑧杞菊：本指枸杞与菊花，此外泛指野菜。

⑨卢敖：战国时燕人，秦始皇曾召其入朝为博士，使之求仙，卢敖一去不返，后来隐居于卢山。

⑩穆陵：关名，故址在今山东临朐东南大岘山上，是古齐国所建长城的一个重要关隘。

⑪尚父：姜姓，吕氏，名望，字尚父，即姜太公。商末周初人，曾辅佐周文王、周武王灭商，后封于齐国。

⑫齐桓公：春秋时齐国国君，姜姓，名小白，在位期间任用管仲为相，奠定了称霸的基础，是春秋五霸之一。

⑬淮阴：指西汉淮阴侯韩信。韩信在潍水之战中大败楚军，被刘邦立为齐王。

⑭瀹（yuè）：煮。

⑮子由：苏辙当时在齐州（治今山东济南）任掌书

记，为苏轼作《超然台赋》。

【赏读】

此文写于苏轼自杭州通判调任密州的第二年，他说密州的交通、居处、环境、饮食等都远远不如杭州，文中称"释舟楫之安，而服车马之劳；去雕墙之美，而庇采椽之居；背湖山之观，而行桑麻之野"。关于苏轼到密州之后的失落，在他的很多诗文中都有表现，颇有对比之意的是他到密州度过的第一个上元节所作的《蝶恋花·密州上元》："灯火钱塘三五夜。明月如霜，照见人如画。帐底吹笙香吐麝。此般风味应无价。　　寂寞山城人老也。击鼓吹箫，乍入农桑社。火冷灯稀霜露下。昏昏雪意云垂野。"密州和杭州这两地上元节的强烈反差，更衬托出苏轼到密州的苍凉感受。

关于密州，人们更耳熟能详的是苏轼的另外一首词——《江城子·密州出猎》："老夫聊发少年狂。左牵黄，右擎苍。锦帽貂裘，千骑卷平冈。为报倾城随太守，亲射虎，看孙郎。　　酒酣胸胆尚开张。鬓微霜，又何妨。持节云中，何日遣冯唐？会挽雕弓如满月，西北望，射天狼。"苏轼对自己这首词也很自得，认为"虽无柳七郎风味，亦自是一家"，"令东州壮士抵掌顿足歌之，吹笛击鼓以为节，颇壮观也"。

　　这篇《超然台记》的写作时间大约就在这两首词之间，这中间有挣扎，也有自我安慰，更有苏轼从庄子那里汲取来的思想，而这些最终引导他走向了达然与超脱。于是他修葺房屋、整治庭院，甚至将废旧的城台修葺成可供朋友们"相与登览，放意肆志"的地方。远在齐州的子由特意为这座城台取名为"超然"。

放鹤亭①记

　　熙宁十年秋，彭城大水②，云龙山人张君天骥③之草堂，水及其半扉。明年春，水落，迁于故居之东，东山之麓。升高而望，得异境焉，作亭于其上。彭城之山，冈岭四合④，隐然如大环，独缺其西十二⑤，而山人之亭适当其缺。春夏之交，草木际天；秋冬雪月，千里一色。风雨晦明之间，俯仰百变。山人有二鹤，甚驯而善飞。旦则望西山之缺而放焉，纵其所如，或立于陂田，或翔于云表，暮则傃⑥东山而归。故名之曰"放鹤亭"。

　　郡守苏轼，时从宾客僚吏往见山人，饮酒于斯亭而乐之，揖山人而告之曰："子知隐居之乐乎？虽南面之君⑦，未可与易⑧也。《易》曰：'鸣鹤在阴，其子和之⑨。'《诗》曰：'鹤鸣于九皋，声闻于天⑩。'盖其为物，清远闲放，超然于尘垢之外，故《易》、诗人以比贤人君子。隐德之士，狎而玩之，宜若有益而无损者，然卫懿公好鹤则亡其国⑪。周公作《酒诰》⑫，卫武公作《抑戒》[13]，以为荒惑败乱无若酒者；而刘伶、阮籍[14]之徒，以此全其真而名后世。嗟夫，南面之君，虽清远闲放如鹤者犹不得好，好之则亡其国。而山林遁世之士，虽荒惑败乱如酒者犹不能为害，而况于鹤乎？由此观之，其为乐，未可以同日而语也。"山人忻然而笑曰："有是哉！"乃作放鹤、招鹤之歌曰：

鹤飞去兮，西山之缺。高翔而下览兮，择所适。翻然敛翼，婉将集兮[15]，忽何所见，矫然而复击。独终日于涧谷之间兮，啄苍苔而履白石。鹤归来兮，东山之阴。其下有人兮，黄冠[16]草履葛衣而鼓琴。躬耕而食兮，其余以汝饱。归来归来兮，西山不可以久留。

元丰元年十一月初八日记。

【注释】

①放鹤亭：在今江苏徐州云龙山上。

②彭城大水：指 1077 年河北大水，波及徐州。彭城，今江苏徐州，北宋徐州治所。

③张君天骥：宋代隐士张师厚，字天骥，号云龙山人。隐居徐州云龙山，放鹤亭为其所建。

④冈岭四合：山岭环绕四面。

⑤独缺其西十二：唯独西面缺少一部分山。其西十二，用道教典故。道教称洪州（今江西南昌）西山十二

峰为神仙会聚之处。

⑥愫（sù）：向着，沿着。

⑦南面之君：古代帝王临朝听政时都是坐北朝南。

⑧易：交换，替换。

⑨"鸣鹤"二句：出自《易·中孚·九二》。

⑩"鹤鸣"二句：出自《诗·小雅·鹤鸣》

⑪"然卫懿公"句：春秋时期卫国的国君卫懿公酷爱养鹤，给鹤封各种爵位。鲁闵公二年（前660），北方的狄人进攻卫国，将士们拒绝作战，最终导致亡国。

⑫周公作《酒诰》：周公即姬旦，相传《酒诰》为其所作，意在以此文告诫成王不要荒于宴饮。《酒诰》，《尚书》名篇之一。

⑬卫武公作《抑戒》：毛诗小序认为《抑戒》的作者是卫武公。《抑戒》，即《诗经·大雅·抑》，《诗经》名篇之一。

⑭刘伶、阮籍：皆"竹林七贤"中人，皆以善饮名。

⑮婉将集兮：盘旋而下，将要栖息。婉，回旋曲折的样子。集，群鸟栖止于树上。

⑯黄冠：道士所戴的帽子，代指道士。

【赏读】

本文作于苏轼在徐州任知州时。熙宁十年（1077），苏轼调至徐州任知州。同年七月，黄河决口，水困徐州。关于这场洪水，苏轼曾在诗中写到"夜闻沙岸鸣瓮盎，晓看雪浪浮鹏鲲"，可见洪水水势之大。苏轼的诗中也体现出了一方官员对百姓的关爱，"黄花白酒无人问，日暮归来洗靴袜"写出了他在这场洪水中与百姓一起抗洪的场景。这一年的洪水也影响到了当时在徐州居住的云龙山人张天骥，他居住的草堂被水淹了。所以第二年，张天骥便在云龙山东边的山上建起了新宅，又修建了一座亭子来养鹤，称之为放鹤亭。

苏轼在徐州的两年时间里，常到云龙山游玩。既有《登云龙山》之"醉中走上黄茅冈，满冈乱石如群羊。冈头醉倒石作床，仰看白云天茫茫"的醉后狂态，亦有《送蜀人张师厚赴殿试》之"云龙山下试春衣""一色杏花三十里"的美丽春天。因此，苏轼对云龙山的气象、风景非常熟悉。本文的第一段描绘了徐州的地形，更以诗一般的语言形容云龙山周遭的美景，"春夏之交，草木际天；秋冬雪月，千里一色。风雨晦明之间，俯仰百变"，寥寥数语便写出了云龙山四时风物的秀美。张天骥住在这样的地方，自然也就是超然世外的隐士了。

与高士相交，面对着云龙山的美景、看白鹤之翩翩，自然要饮酒以助兴。故下文也正以白鹤和酒作为书写的对象，以呈现出隐士之高远超逸。苏轼认为，鹤之美好，古已有之。不管是《易经》中"鸣鹤在阴，其子和之"，还是《诗经》中"鹤鸣于九皋，声闻于天"，所表现的鹤的形象都是高妙的。然而即使是高洁的白鹤，如果主人过于偏爱，失去了正常的度，也会造成不好的后果。据《左传·闵公二年》的记载，"卫懿公好鹤，鹤有乘轩者"，他让鹤享受士大夫的待遇，以至狄人伐卫的时候，将要出战的人认为"使鹤，鹤实有禄位，余焉能哉"，最终导致了亡国。由此可见，即使是好的事物，如果把握不好度，也有可能造成恶果。

而那些常人认为的不良嗜好，也会因为喜好者的情况不同，变成好的事物。比如说，人们常常认为嗜酒是一种很不好的爱好。周公、卫武公甚至为此作《酒诰》《抑戒》来劝告、警示人们，但是刘伶、阮籍这样的隐士却正是在诗酒中成就了自己。

此文描写与隐士的饮酒观鹤之乐，通过不同事物在不同人身上所造成的不同效果，来寄托自己对清远闲放生活的向往。《古文观止》由此认为："两两相较，真见得南面之乐无以易隐居之乐。其得心应手处，读之最能发人文机。"

快哉此风赋并引

时与吴彦律、舒尧文、郑彦能各赋两韵[1]，子瞻作第一第五韵。占"风"字为韵。余皆不录。

贤者之乐，快哉此风。虽庶民之不共，眷佳客以攸同[2]。穆如[3]其来，既偃[4]小人之德；飒然而至，岂独大王之雄。若夫鹢[5]退宋都之上，云飞泗水之湄。寥寥南郭，怒号于万窍；飒飒东海，鼓舞于四维[6]。固以陋晋人一唉[7]之小，笑玉川[8]两腋之卑。野马[9]相吹，搏羽毛于汗漫[10]；应龙[11]作处，作鳞甲以参差。

【注释】

①赋两韵：用两种韵脚写赋，即按律赋八韵，苏轼与吴彦律、舒尧文、郑彦能各赋两韵，合为一篇。本赋用"风""湄"二韵。

②攸（yōu）同：所相同的。攸，文言语助词。

③穆如：和美貌。《诗经·大雅·烝民》："吉甫作诵，穆如清风。"

④偃（yǎn）：倒伏，倒下。

⑤鹢（yì）：古书上说的一种似鹭的水鸟。

⑥四维：指东南、东北、西南和西北四角。

⑦唊（xuè）：如口吹物发出的小声音。

⑧玉川："玉川子"略称，唐代诗人卢仝之号。

⑨野马：游动的薄云或水蒸气。《庄子·逍遥游》："野马也，尘埃也，生物之以息相吹也。"郭象注："野马也，游气也。"

⑩汗漫：广大，漫无边际。

⑪应龙：古代传说中有翼的龙，相传大禹治洪水时，有应龙以尾画地而成江河，使水入海。

【赏读】

徐州快哉亭原名阳春亭，系晚唐诗人薛能所建。薛能是唐会昌年间进士，他做过徐州武宁军节度使、徐州刺史等，在徐州任职期间建阳春亭。北宋时，徐州节度使李邦直在阳春亭旧址重建新亭。北宋熙宁十年（1077），苏轼知徐州，与李邦直私交很好，经常和一批文人墨客相约诗酒唱和。阳春亭改建完工后，李邦直请苏轼等人一起登亭赏玩，并请苏轼赐文题赠，苏轼名之为"快哉亭"，并作《快哉此风赋》。

此赋第一句中的"快哉此风"乃本自宋玉所撰《风

赋》：“楚襄王游兰台之宫，宋玉、景差侍。有风飒然而至，王乃披襟而当之，曰：‘快哉此风！寡人所与庶人共者耶？’宋玉对曰：‘此独大王之雄风耳，庶人安得共之？’”宋玉说此风乃是大王独有的雄风，其余人都不得共享。苏轼不同意宋玉的说法，说“贤者之乐，快哉此风”，他认为“贤者”可以众乐乐，表达了与诸文友诗酒唱和的畅意快乐。

　　此亭在千年间历经兴废，今在徐州市中心城区，与苏轼曾留下诗文的云龙湖、云龙山都是当地的著名景点。宋代诗人陈师道也曾写过《登快哉亭》诗：“城与清江曲，泉流乱石间。夕阳初隐地，暮霭已依山。度鸟欲何向，奔云亦自闲。登临兴不尽，稚子故须还。”

游桓山①记

　　元丰二年②正月己亥晦③，春服既成，从二三子游于泗④之上。登桓山，入石室，使道士戴日祥鼓雷氏之琴⑤，操《履霜》⑥之遗音。曰："噫嘻悲夫，此宋司马桓魋⑦之墓也。"或曰："鼓琴于墓，礼欤？"曰："礼也。季武子之丧，曾点倚其门而歌⑧。仲尼，日月也，而魋以为可得而害也。且死为石椁⑨，三年不成，古之愚人也。余将吊其藏⑩，而其骨毛爪齿，既已化为飞尘，荡为冷风矣，而况于椁乎，况于从死之臣妾、饭含之贝玉⑪乎？使魋而无知也，余虽鼓琴而歌可也。使魋而有知也，闻余鼓琴而歌知哀乐之不可常、物化之无日也，其愚岂不少瘳⑫乎？"二三子喟然而叹，乃歌曰："桓山之上，维石嵯峨兮。司马之恶，与石不磨兮。桓山之下，维水弥弥兮。司马之藏，与水皆逝兮。"歌阕而去。从游者八人：毕仲孙⑬、舒焕、寇昌朝、王适、王遹、王肄、轼之子迈、焕之子彦举。

【注释】

①桓山：在今江苏徐州，亦名魋山，因山下有桓魋墓得名。

②元丰二年：即 1079 年。元丰，宋神宗赵顼的年号。

③晦：农历每月的末一天，朔日的前一天。

④泗：泗水，发源于今山东泗水陪尾山，分四源流水而得名，经曲阜、济宁等地流入江苏境内。

⑤雷氏之琴：唐蜀中雷威工于制琴，世称其所制琴为雷琴，宋时以雷琴为贵重。

⑥《履霜》：琴曲名，相传为周尹吉甫之子伯奇所作。

⑦桓魋（tuí）：春秋宋国大夫，本姓向，即向魋，因为是宋桓公的后裔，故又称桓魋。

⑧"季武子"二句：《礼记·檀弓下》记载："季武子寝疾……及其丧也，曾点倚其门而歌。"季武子，即季孙宿，春秋鲁国大夫。曾点，字皙，鲁国南武城人，曾参之父，孔子弟子。

⑨椁（guǒ）：古代套在棺材外面的大棺材。

⑩藏：储藏东西之处，此指坟墓。

⑪饭含之贝玉：古丧礼以珠、玉、贝、米纳于死者

口中，称饭含。

⑫瘳（chōu）：病愈，减损。

⑬毕仲孙：字景儒，时为徐州推官。

【赏读】

苏轼于熙宁十年（1077）四月至元丰二年（1079）二月知徐州，在将近两年时间里，徐州接连发生罕见的大水灾和大旱灾，在与自然灾害做斗争的过程中，苏轼与徐州人民结下了深厚情谊，得到百姓的拥戴。而且，徐州有云龙山、云龙湖，好山好水，是苏轼喜欢的。

元丰二年（1079）正月，苏轼与其子苏迈及戴日祥、毕仲孙、舒焕、焕之子彦举、寇昌朝、王适、王通、王肄，共十人，同游泗水畔桓山上的桓魋墓。苏轼作《游桓山，会者十人，以"春水满四泽，夏云多奇峰"为韵，得泽字》：

> 东郊欲寻春，未见莺花迹。
>
> 春风在流水，凫雁先拍拍。
>
> 孤帆信溶漾，弄此半篙碧。
>
> 叙舟桓山下，长啸理轻策。
>
> 弹琴石室中，幽响清磔磔。
>
> 吊彼泉下人，野火失枯腊。
>
> 悟此人间世，何者为真宅？

　　　暮回百步洪，散坐洪上石。

　　　愧我非王襄，子渊肯见客。

　　　临流吹洞箫，水月照连璧。

　　　此欢真不朽，回首岁月隔。

　　　想象斜川游，作诗寄彭泽。

其中"吊彼泉下人，野火失枯腊。悟此人间世，何者为真宅"可与本文"闻余鼓琴而歌知哀乐之不可常、物化之无日也"相参看，表达宇宙永恒而人生无常的哲理。正如刘埙《隐居通议》所评："坡翁作《游桓山记》，感慨深长，超然物化。"

黄州安国寺①记

元丰二年②十二月，余自吴兴守③得罪，上不忍诛，以为黄州团练副使④，使思过而自新焉。其明年二月，至黄。舍馆粗定，衣食稍给，闭门却扫⑤，收召魂魄，退伏思念，求所以自新之方，反观从来举意动作，皆不中道，非独今之所以得罪者也。欲新其一，恐失其二。触类而求之，有不可胜悔者。于是，喟然叹曰："道不足以御气，性不足以胜习。不锄其本，而耘其末，今虽改之，后必复作。盍归诚佛僧，求一洗之?"得城南精舍⑥曰安国寺，有茂林修竹，陂池亭榭。间一二日辄往，焚香默坐，深自省察，则物我相忘，身心皆空，求罪垢所从生而不可得。一念清净，染污自落，表里翛然⑦，无所附丽。私窃乐之。旦往而暮还者，五年于此矣。

寺僧曰继连，为僧首七年，得赐衣。又七年，当赐号，欲谢去，其徒与父老相率留之。连笑曰："知足不辱，知止不殆。"卒谢去。余是以愧其人。七年，余将有临汝之行。连曰："寺未有记，具石请记之。"余不得辞。

　　寺立于伪唐保大二年[8]，始名"护国"，嘉祐八年[9]，赐今名。堂宇斋阁，连皆易新之，严丽深稳，悦可人意，至者忘归。岁正月，男女万人会庭中，饮食作乐，且祠瘟神，江淮旧俗也。

　　四月六日，汝州团练副使眉山苏轼记。

【注释】

　　①安国寺：又称护国寺，在今黄冈市黄州区的青云塔下，苏轼被贬黄州时，常来往于安国寺。

　　②元丰二年：即 1079 年。

　　③吴兴守：苏轼被贬前任吴兴太守。

　　④团练副使：官名，唐朝始置，为团练使副职，宋朝常用以安置贬降官员，无职掌。

　　⑤却扫：不再扫径迎客，谓闭门谢客。

　　⑥精舍：寺院。因是精勤修行者所居，故称为"精舍"。

　　⑦翛（xiāo）然：毫无牵挂、自由自在的样子。

　　⑧伪唐保大二年：南唐中主李璟保大二年，即公元944 年。保大，南唐中主李璟年号。

　　⑨嘉祐八年：即公元 1063 年。嘉祐，宋仁宗赵祯的年号。

【赏读】

本文是苏轼应安国寺住持继连的要求而写的题记，写于元丰七年（1084）。苏轼于元丰三年（1080）到达黄州，暂时居住在定惠院，闲暇的时候就到城南的安国寺去，来来去去间就是将近五年。

刚刚经历过政治斗争的苏轼，从繁华的京城流落到远离京城的黄州，这里偏僻又几乎没有什么朋友。过往的生活就如一场镜花水月的故事，映衬着如今的萧瑟与伤感。而更为重要的是，在定惠院住下之后，他不知道应该怎样待人处世，"闭门却扫，收召魂魄"非常精妙地展现了苏轼初到黄州时的惊悸。同一时期的其他作品里也有这样的描写，如"昏昏觉还卧，展转无由足。强起出门行，孤梦犹可续"。也就是在这段时间里，"盍归诚佛僧，求一洗之"，去安国寺就成了一种获得安宁的方式。

从本文的"间一二日辄往"可以看到，苏轼前往安国寺的次数非常多，他在这里反思自己过往的人生，如《安国寺浴》中所称"披衣坐小阁，散发临修竹""岂惟忘净秽，兼以洗荣辱"。显然，苏轼在这里更多的是疗愈自己受伤的心，如此"旦往而暮还"长达五年的时间，其实也是苏轼慢慢走向禅宗，更深入地走向自我，成为史上为人所称道的"苏东坡"的五年。

灵璧[①]张氏园亭记

　　道京师而东，水浮浊流，陆走黄尘，陂田苍莽，行者倦厌。凡八百里，始得灵璧张氏之园于汴之阳[②]。其外修竹森然以高，乔木翁然以深。其中因汴之余浸以为陂池，取山之怪石，以为岩阜[③]。蒲苇莲芡，有江湖之思；椅桐桧柏[④]，有山林之气；奇花美草，有京洛之态；华堂厦屋，有吴蜀之巧。其深可以隐，其富可以养。果蔬可以饱邻里，鱼鳖笋茹可以馈四方之宾客。余自彭城移守吴兴，由宋[⑤]登舟，三宿而至其下。肩舆叩门，见张氏之子硕。硕求余文以记之。

　　维张氏世有显人，自其伯父殿中君[⑥]，与其先人通判府君[⑦]，始家灵璧，而为此园，作兰皋之亭以养其亲。其后出仕于朝，名闻一时，推其余力，日增治之，于今五十余年矣。其木皆十围，岸谷隐然。凡园之百物，无一不可人意者，信其用力之多且久也。

　　古之君子，不必仕，不必不仕。必仕则忘其身，必不仕则忘其君。譬之饮食，适于饥饱而已。然士罕能蹈其义、赴其节。处者安于故而难出，出者狃^⑧于利而忘返。于是有违亲绝俗之讥，怀禄苟安之弊。今张氏之先君，所以为其子孙之计虑者远且周，是故筑室艺园于汴、泗之间，舟车冠盖之冲^⑨，凡朝夕之奉，燕游之乐，不求而足。使其子孙开门而出仕，则跬步市朝之上，闭门而归隐，则俯仰山林之下。于以养生治性，行义求志，无适而不可。故其子孙仕者皆有循吏良能之称，处者皆有节士廉退之行，盖其先君子之泽也。

余为彭城二年，乐其风土。将去不忍，而彭城之父老亦莫余厌也，将买田于泗水之上而老焉。南望灵壁，鸡犬之声相闻，幅巾杖屦，岁时往来于张氏之园，以与其子孙游，将必有日矣。

元丰二年三月二十七日记。

【注释】

①灵壁：地名，唐置零壁镇，北宋元祐元年（1086）置零壁县，政和七年（1117）改零壁为灵壁，即今安徽灵璧县。

②汴之阳：汴水北岸。

③阜（fù）：土山。

④椅桐桧（guì）柏：皆树名。椅，落叶乔木，木材

可以制器物，亦称"山桐子"。桧，常绿乔木，即圆柏，木材桃红色，有香味，可供建筑等用。

⑤宋：宋州，北宋景德三年（1006）改为应天府，治所在今河南商丘。苏轼罢徐州任，至此地因病留居半月，转水路赴吴兴。

⑥殿中君：指张硕的伯父张次立，他在仁宗朝官至殿中丞。

⑦府君：汉代太守的尊称，这里是对州郡长官的尊称。

⑧狃（niǔ）：贪。《国语·晋语》："嗛嗛之食，不足狃也。"

⑨冲：通行的大路，重要的地方。

【赏读】

本文是苏轼于元丰二年（1079）由宋州循汴河赴吴兴任途中，经过灵壁张氏园亭时应张硕邀请而作的一篇记文。张氏园亭是一座私家庄园，苏轼通过记述这座庄园的地理位置、景物、规模、用处及其建筑始末，生发议论以另抒怀抱。因为灵壁张氏园亭在徐州附近，所以苏轼在路过此地时，大概能想起在徐州任职的时候，脚穿草鞋、身披蓑衣抗洪的事情，也能想起与张天骥在云龙山中饮酒、观山、赏鹤的快乐。

仕与隐，从来都是中国古代知识分子人生中面临的难题，也是诗文作品中永恒的主题之一。例如提起孟浩然，我们就会想到李白的那首《赠孟浩然》"吾爱孟夫子，风流天下闻。红颜弃轩冕，白首卧松云。醉月频中圣，迷花不事君。高山安可仰，徒此揖清芬"。其中"红颜弃轩冕，白首卧松云"可以说已经成为隐士的梦想了，闻一多甚至称他是"为隐居而隐居，为着一个浪漫的理想，为着对古人的一个神圣的默契而隐居"。可尽管如此，在他的诗歌中也屡屡有"忠欲事明主，孝思侍老亲""欲济无舟楫，端居耻圣明""魏阙心常在，金门诏不忘"之言。尤其是《临洞庭湖赠张丞相》，表现出了强烈的求仕愿望。

苏轼在这篇文章中，也探讨了这一难题，他认为"古之君子，不必仕，不必不仕。必仕则忘其身，必不仕则忘其君"。一个人如果执着于追求功名爵禄，会陷入迷途；一个人只主张悠游于山林风月之中，就不能担负起更多国家、社会的责任。此时的苏轼已经在宦海中沉浮了数年，看到张氏的园亭，他意识到这样的庄园"其深可以隐，其富可以养"，是出仕的根据地，也是退隐后的避风港，既是为个人计，也是为子孙计。想到这里，苏轼觉得自己可以建庄园于徐州，能够在徐州泗水边买田置地，终老于此也是很美好的。那样就可以南望灵璧，过上鸡犬之声相闻的快乐生活。

记游定惠院[①]

黄州定惠院东小山上，有海棠一株，特繁茂。每岁盛开，必携客置酒，已五醉其下矣。

今年复与参寥[②]师及二三子[③]访焉，则园已易主，主虽市井人，然以予故，稍加培治。山上多老枳木，性瘦韧，筋脉呈露，如老人项颈。花白而圆，如大珠累累，香色皆不凡。此木不为人所喜，稍稍伐去，以予故，亦得不伐。

既饮，往憩于尚氏之第。尚氏亦市井人也，而居处修洁，如吴越间人，竹林花圃皆可喜。醉卧小板阁上，稍醒，闻坐客崔成老[④]弹雷氏琴，作悲风晓月，铮铮然，意非人间也。

晚乃步出城东，鬻[⑤]大木盆，意者谓可以注清泉，瀹[⑥]瓜李，遂夤缘小沟[⑦]，入何氏、韩氏[⑧]竹园。时何氏方作堂竹间，既辟地矣，遂置酒竹阴下。有刘唐年主簿者，馈油煎饵，其名“为甚酥”[⑨]，味极美。客尚欲饮，而予忽兴尽，乃径归。道过何氏小圃，乞其丛橘，移种雪堂之西。坐客徐君得之⑩将适闽中，以后会未可期，请予记之，为异日拊掌。时参寥独不饮，以枣汤代之。

【注释】

①定惠院：在黄州（治今湖北黄冈）东南。苏轼元丰三年（1080）二月到黄州，最初寓居定惠院，同年五月移居临皋亭。

②参寥：僧道潜，字参寥，又称参寥子，於潜（今属浙江杭州）人，能诗文，为苏轼好友。苏轼《参寥泉铭（并叙）》说："余谪居黄，参寥子不远数千里，从余于东城，留期年。尝与同游武昌之西山，梦相与赋诗，有'寒食清明''石泉槐火'之句。"

③二三子：指同游者崔成老、徐得之等人。

④崔成老：崔闲，字成老，庐山道士，精古琴。曾到黄州访苏轼，与苏轼成为挚交琴友。

⑤鬻（yù）：本意为卖，这里为买。

⑥瀹（yuè）：浸渍。

⑦豗（yín）缘小沟：沿着小沟岸前行。

⑧何氏、韩氏：指何圣可、韩毅甫。

⑨为甚酥：油果名。一种米粉做的油煎饼，甚为酥美，苏轼起名"为甚酥"，见宋周紫芝《竹坡诗话》。苏

轼曾有诗曰："野饮花前百事无，腰间唯系一葫芦。已倾潘子错著水，更觅君家为甚酥。"

⑩徐君得之：徐大正，字得之，是苏轼贬谪黄州时黄州知州徐大受（君猷）之弟，也是苏轼的好友。

【赏读】

苏轼元丰三年（1080）二月到黄州，最初寓居于定惠院。定惠院东面的小山上有一株海棠，苏轼非常喜爱，还为这株海棠作了一首长诗：

> 江城地瘴蕃草木，只有名花苦幽独。
>
> 嫣然一笑竹篱间，桃李漫山总粗俗。
>
> 也知造物有深意，故遣佳人在空谷。
>
> 自然富贵出天姿，不待金盘荐华屋。
>
> 朱唇得酒晕生脸，翠袖卷纱红映肉。
>
> 林深雾暗晓光迟，日暖风轻春睡足。
>
> 雨中有泪亦凄怆，月下无人更清淑。
>
> 先生食饱无一事，散步逍遥自扪腹。
>
> 不问人家与僧舍，拄杖敲门看修竹。
>
> 忽逢绝艳照衰朽，叹息无言揩病目。
>
> 陋邦何处得此花，无乃好事移西蜀。
>
> 寸根千里不易到，衔子飞来定鸿鹄。
>
> 天涯流落俱可念，为饮一樽歌此曲。

明朝酒醒还独来，雪落纷纷那忍触。

此诗把海棠看作空谷中天姿绰约的佳人，赞美其幽独高雅的品格，并联想海棠乃移自西蜀，而自己作为蜀人谪居于此，颇有"同为天涯沦落人"之感。清代纪昀评此诗："纯以海棠自寓，风姿高秀，兴象微深，后半尤烟波跌宕，此种非东坡不能，东坡非一时兴到亦不能。"

苏轼后来移居临皋亭，但每年春天海棠盛开的时候，总会与好友在海棠下畅饮，写此文时，已"五醉其下"——他被贬黄州已经五年了。今年与参寥等好友再游定惠院，访海棠，园已易主，而海棠依旧，两个"以予故"，透露出内心的欣慰与感激，也体现了黄州人民对他的敬重。

憩于尚氏宅第，醉卧小板阁上，听崔成老弹雷氏琴，买木盆以清泉浸瓜果，置酒竹荫下，刘主簿赠"为甚酥"，讨得丛橘移植雪堂……此等琐事，一一写来，可见其对黄州山川风物的深情。明袁宏道说东坡文章"于物无不收，于法无不有，于情无不畅，于境无不取"，由此可见一斑。

记游松江①

　　吾昔自杭②移高密③，与杨元素④同舟，而陈令举⑤、张子野⑥皆从余过李公择⑦于湖，遂与刘孝叔⑧俱至松江。夜半月出，置酒垂虹亭上。子野年八十五，以歌词闻于天下，作《定风波》令。其略云："见说贤人聚吴分⑨，试问，也应傍有老人星⑩。"坐客欢甚，有醉倒者，此乐未尝忘也。今七年耳，子野、孝叔、令举皆为异物⑪，而松江桥亭，今岁七月九日海风架潮，平地丈余，荡尽无复孑遗矣。追思曩时，真一梦耳！元丰四年⑫十二月十二日，黄州临皋亭夜坐书。

【注释】

　　①松江：古水名，即今江苏、上海两地境内的吴淞江。

　　②杭：杭州。当时苏轼在杭州任通判。

　　③高密：地名，今属山东高密。当时苏轼被调往密州当知州。

④杨元素（1027～1088）：即杨绘，字元素，绵竹（今四川绵竹）人，历仕仁宗、神宗朝。与下文陈令举、李公择、刘孝叔皆因反对王安石新法而遭谪迁。

⑤陈令举（？～1074）：即陈舜俞，字令举，号白牛居士，湖州乌程（今浙江湖州）人。

⑥张子野：即张先，字子野，湖州乌程（今浙江湖州）人，天圣八年（1030）进士，曾知吴江县，仕至都官郎中。

⑦李公择（1027～1090）：即李常，字公择，建昌（今江西南城）人，与王安石交好，又极言王安石所行新法之不便，官至御史中丞。

⑧刘孝叔：即刘述，字孝叔，湖州（今浙江湖州）人。举进士，为御史台主簿。曾与王安石争狱事不合，出知江州。

⑨吴分：吴地（今浙江省北部）的分野之处。

⑩老人星：即南极星，光度仅次于天狼星。古人认为它象征长寿，故又名"寿星"。

⑪为异物：变成另外的东西，指不在人世，死去。

【赏读】

这篇小品文写的是苏轼在元丰四年（1081）回忆熙宁七年（1074）到密州赴任职之前，与杨元素、陈令举、张子野、李公择、刘孝叔等友人同游松江的往事。

从富庶的杭州到偏远的密州，本来并不是一件值得开心的事情，然而能与友人相伴，其乐趣也自当悠悠。八十五岁高龄的张子野，还作了一首《定风波》。苏轼开心地说在友朋相聚的时候，也需要有张子野这样的"老人星"在侧。众人在一起游乐、唱歌，当时是何其热闹！时隔七年之后，苏轼回忆起昔日与朋友在夜半月出之时，置酒垂虹亭畔，饮酒赋诗之事，又念及友朋的故去，再看相似的景物也只有感叹人生如梦不可追。

李白的《宣州谢朓楼饯别校书叔云》中称："弃我去者昨日之日不可留，乱我心者今日之日多烦忧。"当时的他看辽阔明净的秋空中万里长风送鸿雁的壮美景色，感慨那许许多多个逝去的昨日，也会想到"人生在世不称意，明朝散发弄扁舟"。更何况现在的苏轼，在黄州度过了一些惶惶不可终日的时光之后，看前途未卜，亲友飘零，连那曾经可以作为物证的"松江桥亭"也消失不见，"物是人非"已足悲，今日人无物也无，更添凄凉。

赤壁赋①

　　壬戌②之秋，七月既望③，苏子与客泛舟，游于赤壁之下。清风徐来，水波不兴。举酒属客，诵明月之诗，歌窈窕之章④。少焉，月出于东山之上，徘徊于斗牛⑤之间。白露横江，水光接天。纵一苇⑥之所如，凌万顷之茫然。浩浩乎如冯虚御风⑦，而不知其所止；飘飘乎如遗世独立，羽化而登仙。

　　于是饮酒乐甚，扣舷而歌之。歌曰："桂棹兮兰桨，击空明兮溯流光。渺渺兮予怀，望美人兮天一方。"客⑧有吹洞箫者，倚歌而和之，其声呜呜然，如怨如慕，如泣如诉。余音袅袅，不绝如缕。舞幽壑之潜蛟，泣孤舟之嫠妇⑨。

　　苏子愀然⑩，正襟危坐，而问客曰："何为其然也？"客曰："'月明星稀，乌鹊南飞'⑪。此非曹孟德之诗乎？西望夏口，东望武昌⑫。山川相缪，郁乎苍苍。此非孟德之困于周郎⑬者乎？方其破荆州，下江陵⑭，顺流而东也，舳舻⑮千里，旌旗蔽空，酾酒临

江，横槊赋诗，固一世之雄也，而今安在哉？况吾与
子渔樵于江渚之上，侣鱼虾而友麋鹿。驾一叶之扁舟，
举匏尊⑯以相属。寄蜉蝣⑰于天地，渺沧海之一粟。哀
吾生之须臾，羡长江之无穷。挟飞仙以遨游，抱明月
而长终。知不可乎骤得，托遗响于悲风。"

　　苏子曰："客亦知夫水与月乎？逝者如斯，而未尝
往也。盈虚者如彼，而卒莫消长也。盖将自其变者而
观之，则天地曾不能以一瞬。自其不变者而观之，则
物与我皆无尽也，而又何羡乎？且夫天地之间，物各
有主。苟非吾之所有，虽一毫而莫取。惟江上之清风，
与山间之明月，耳得之而为声，目遇之而成色。取之
无禁，用之不竭，是造物者之无尽藏⑱也，而吾与子之
所共食⑲。"客喜而笑，洗盏更酌。肴核既尽，杯盘狼
藉。相与枕藉乎舟中，不知东方之既白。

【注释】

　　①赤壁赋：又名《前赤壁赋》。苏轼所游的赤壁，是
今湖北黄冈的赤壁，又名赤鼻矶，并不是赤壁之战的
旧址。

　　②壬戌：即 1082 年，宋神宗元丰五年。

　　③既望：指阴历每月的十六日。望，阴历每月十
五日。

④"诵明月"二句：指《诗经·陈风》里的《月出》篇，其中有"月出皎兮，佼人僚兮。舒窈纠兮，劳心悄兮"。窈纠，通"窈窕"。

⑤斗牛：斗宿、牛宿，都是星宿名。斗，也称"南斗"。牛，也称"牵牛"。

⑥一苇：比喻小船。语出《诗经·卫风·河广》："谁谓河广，一苇杭之。"

⑦冯虚御风：驾风凌空飞行。冯，通"凭"，乘。

⑧客：指道士杨世昌，字子京，绵竹人，善吹箫。

⑨嫠（lí）妇：寡妇。

⑩愀（qiǎo）然：形容神色变得严肃或不愉快。

⑪月明星稀，乌鹊南飞：曹操《短歌行》中的诗句。

⑫西望夏口，东望武昌：夏口，古城名，三国吴黄武二年（223）所建，在今湖北黄鹄山上。武昌，今湖北鄂州。

⑬孟德之困于周郎：汉献帝建安十三年（208），周瑜在赤壁之战中击溃曹操号称的八十万大军。周郎，即周瑜，少时"吴中皆呼为周郎"。

⑭破荆州，下江陵：建安十三年（208）七月，曹操南下荆州，当时荆州刺史刘表已死，刘表的儿子刘琮率众降曹操。荆州，汉武帝所置设十三刺史部之一，辖境约今湖北、湖南两省以及河南、贵州、广东、广西的一

部分。江陵为当时荆州南郡辖地。

⑮舳舻（zhú lú）：船尾和船头合称，泛指船只，这里指首尾衔接的战船。

⑯匏（páo）尊：用干匏制成的酒器。

⑰蜉蝣（fú yóu）：动物名，夏秋之交，多近水而飞，生命短暂，仅数小时，这里用来比喻人生短促。

⑱无尽藏（zàng）：佛家语，指无穷无尽的宝藏。

⑲共食：共享。佛经有"风为耳之所食，色为目之所食"语。

【赏读】

宋神宗元丰二年（1079），苏轼因"乌台诗案"被贬为黄州团练副使。他在黄州期间，曾两次游览城外的赤壁（一名赤鼻矶），并写下了《前赤壁赋》和《后赤壁赋》。纪录片《苏东坡》中有这样一段解说词："公元1082 年，中国文学史上充满奇迹的一年，在黄州，苏东坡写出了流传千古的杰作——《念奴娇·赤壁怀古》和前后《赤壁赋》。"

从唐代开始，文人就有意无意地把黄州城的赤壁和三国赤壁之战的古战场联系在一起，也因此让黄州赤壁成为一个著名的凭吊古迹的地方。写《赤壁赋》时，并非苏轼第一次前往赤壁，此前他与参寥子的书信中就称

"所居去江无十步，独与儿子迈棹小舟至赤壁，西望武昌山谷，乔木苍然，云涛际天，因录以寄参寥"。此后他又写下了《念奴娇·赤壁怀古》，其中引发苏轼怀想的也正是赤壁之战。

苏轼在密州、黄州的这段时间里，读《庄子》，近禅宗，尤其是《庄子》中的齐物思想对其影响格外深。他以为美丑、善恶并没有客观的标准，对错和苦乐也在一念之间，所以在《放鹤亭记》《超然台记》《后杞菊赋并叙》等文中对此都有思考。如《后杞菊赋并叙》中所称的："人生一世，如屈伸肘。何者为贫？何者为富？何者为美？何者为陋？"

苏轼在本文中着重阐发了自己的齐物论："盖将自其变者而观之，则天地曾不能以一瞬。自其不变者而观之，则物与我皆无尽也，而又何羡乎？"清代古文家方苞评论这篇文章说："所见无绝殊者，而文境邈不可攀。良由身闲地旷，胸无杂物，触处流露，斟酌饱满，不知其所以然而然。岂惟他人不能模仿，即使子瞻更为之，亦不能如此适调而畅遂也。"可谓确论。

后赤壁赋

是岁十月之望，步自雪堂[①]，将归于临皋[②]。二客从予，过黄泥之坂[③]。霜露既降，木叶尽脱。人影在地，仰见明月。顾而乐之，行歌相答。

已而叹曰："有客无酒，有酒无肴，月白风清，如此良夜何？"客曰："今者薄暮，举网得鱼，巨口细鳞，状如松江之鲈[④]，顾安所得酒乎[⑤]？"归而谋诸妇[⑥]。妇曰："我有斗酒，藏之久矣，以待子不时之需。"于是携酒与鱼，复游于赤壁之下。江流有声，断岸千尺。山高月小，水落石出。曾日月之几何，而江山不可复识矣。

予乃摄衣而上，履巉岩[⑦]，披蒙茸[⑧]。踞虎豹，登虬龙，攀栖鹘之危巢，俯冯夷[⑨]之幽宫。盖二客不能从焉。划然长啸，草木震动。山鸣谷应，风起水涌。予亦悄然而悲，肃然而恐，凛乎其不可留也。反而登舟，放乎中流，听其所止而休焉。时夜将半，四顾寂寥，适有孤鹤，横江东来，翅如车轮，玄裳缟衣[⑩]，戛然长鸣，掠予舟而西也。

须臾客去，予亦就睡，梦一道士，羽衣蹁跹，过临皋之下，揖予而言曰："赤壁之游乐乎?"问其姓名，俯而不答。"呜呼噫嘻，我知之矣，畴昔之夜，飞鸣而过我者，非子也耶?"道士顾笑，予亦惊寤。开户视之，不见其处。

【注释】

①雪堂：苏轼在黄州建的新居，此堂因四壁绘有雪景而得名。

②临皋（gāo）：亭名，在湖北黄冈南长江边上。苏轼初到黄州时住定惠院，不久就迁至临皋亭。

③黄泥之坂（bǎn）：黄冈东面东坡附近的山坡叫"黄泥坂"，是苏轼从雪堂到临皋的必经之路。坂，斜坡、山坡。

④松江之鲈：松江盛产的四鳃鲈，以鲜美闻名。

⑤顾安所得酒乎：但是从哪儿能弄到酒呢？顾，但是、可是。

⑥谋诸妇：找妻子想办法。诸，相当于"之于"。

⑦履巉（chán）岩：登上险峻的山崖。巉岩，陡而隆起的岩石。

⑧披蒙茸：分开杂乱的丛草。蒙茸，葱茏丛生的

草木。

⑨冯（píng）夷：水神，即河伯。《庄子·大宗师》："冯夷得之，以游大川。"

⑩玄裳缟衣：黑色的下服，白色的上衣，此处形容仙鹤。

【赏读】

元丰五年（1082），苏轼曾于七月十六日和十月十五日两次泛游赤壁，写下了两篇以赤壁为题的赋，《前赤壁赋》是写初秋时的江上夜景，意在借景抒怀，阐发哲理，《后赤壁赋》则写孟冬时节江岸上的活动，写月夜之景与踏月之乐。

本文仍从朋友聚会谈起，有一个朋友说捕到一条状似"松江之鲈"的鱼。松江鲈鱼素有盛名，与黄河鲤鱼、长江鲥鱼、太湖银鱼被奉为中国四大名鱼。在《世说新语·识鉴》中有这样记载：

> 张季鹰辟齐王东曹掾，在洛，见秋风起，因思吴中菰菜羹、鲈鱼脍，曰："人生贵得适意尔，何能羁宦数千里以要名爵！"遂命驾便归。俄而齐王败，时人皆谓为见机。

西晋时的松江人张翰在洛阳为官，就是因为对故乡鲈鱼和莼菜的思念才弃官还乡的。这个"莼鲈之思"的故事，使得松江鲈鱼声名大振，近人梁实秋的《雅舍小品》中称"松花江的白鱼、津沽的银鱼、近海的石首鱼、松江之鲈、长江之鲥、江淮之鲴、远洋之鲳……无不佳美，难分轩轾"。

有好菜自然也要有好酒，此时苏轼的妻子王闰之笑称早已藏好了美酒，在酒和鱼的铺垫下，才开始了这一次的游览。相较于七月的"清风徐来，水波不兴"，"白露横江，水光接天"，此时是"江流有声，断岸千尺，山高月小，水落石出"。随着季节变化所呈现出来的不同山水，都在笔下呈现出来了。

《后赤壁赋》是《前赤壁赋》的续篇，二者珠联璧合，浑然一体。李扶九《古文笔法百篇》引林西仲曰："若无前篇，不见此篇之妙，若无此篇，不见前篇之佳，缺一不可。"虞集《道园学古录》："坡公《前赤壁赋》已曲尽其妙，后赋尤精于体物，如'山高月小，水落石出'，皆天然句法。末用道士化鹤之事，尤出人意表。"

游沙湖①

　　黄州东南三十里为沙湖，亦曰螺师店。予买田其间，因往相田②得疾。闻麻桥③人庞安常④善医而聋，遂往求疗。安常虽聋，而颖悟绝人，以纸画字，书不数字，辄深了人意。余戏之曰："余以手为口，君以眼为耳，皆一时异人也。"疾愈，与之同游清泉寺。寺在蕲水⑤郭门外二里许，有王逸少⑥洗笔泉，水极甘，下临兰溪，溪水西流。余作歌⑦云："山下兰芽短浸溪，松间沙路净无泥，萧萧暮雨子规啼。　　谁道人生无再少？君看流水尚能西。休将白发唱黄鸡。"是日剧饮而归。

【注释】

　　①游沙湖：此题一作《游兰溪》。

　　②相田：考察田地的优劣。

　　③麻桥：蕲水镇名。

　　④庞安常：即庞安时，字安常，当时名医，《宋史》

方技有传。苏轼曾在《与陈季常》中称庞安常为"奇士"。

⑤蕲水：唐天宝年间设置，宋属淮南西路蕲州，治所在今湖北蕲水东三十里。

⑥王逸少：王羲之，字逸少，琅邪临沂（今山东临沂）人，居会稽山阴（今浙江绍兴），东晋著名书法家。传说他曾"临池学书，池水尽黑"，世称"书圣"。

⑦歌：指文中结尾部分的《浣溪沙》词，也是作者所作。

【赏读】

该文约写于苏轼来黄州的第三年，他已经慢慢适应了这里的生活，种水稻，开垦麦田，种蔬菜、果树、茶树，后来听说在黄州东南三十里有一个叫沙湖的地方，土地肥沃，便在春寒料峭的三月，在几位朋友的陪同下去相田。途中因为下雨，他写出了著名的《定风波》：

莫听穿林打叶声，何妨吟啸且徐行。竹杖芒鞋轻胜马，谁怕？一蓑烟雨任平生。　　料峭春风吹酒醒，微冷，山头斜照却相迎。回首向来潇瑟处，归去，也无风雨也无晴。

这次相田之后，年近五十的苏轼生了病，此文就写在得病之后。常人患病，往往沮丧，这里却展现出了苏轼豁达的一面。在去找患有耳聋的庞安常治病的时候，和他开玩笑："余以手为口，君以眼为耳，皆一时异人也。"诙谐中亦蕴含着些许感慨：安常身怀绝技而埋没草野，东坡才华绝世而沦为逐客，他们都是那个时代的"异人"，颇有惺惺相惜的知己之感。

病好之后，苏轼与庞安常同游清泉寺，写出了脍炙人口的《浣溪沙·游蕲水清泉寺》："山下兰芽短浸溪，松间沙路净无泥，萧萧暮雨子规啼。　谁道人生无再少？君看流水尚能西。休将白发唱黄鸡。"其中下片化用白居易《醉歌（示伎人商玲珑）》诗句"谁道使君不解歌，听唱黄鸡与白日。黄鸡催晓丑时鸣，白日催年酉前没。腰间红绶系未稳，镜里朱颜看已失"。这里反其意而用之。黄鸡催晓，白日催年，流光易逝，人生苦短，而苏轼却大有"老夫聊发少年狂"的气概，让人们看到了那个在逆境中依然充满生活情趣的东坡。

这篇小品文，串起了《定风波》和《浣溪沙》两篇表现苏轼豁达心境的名作，也是他人生的一种映照。陈廷焯《白雨斋词话》评曰："愈悲郁，愈豪放，愈忠厚，令我神往。"

记承天寺①夜游

元丰六年②十月十二日夜，解衣欲睡，月色入户，欣然起行。念无与乐者，遂至承天寺，寻张怀民③。怀民亦未寝，相与步于中庭④。庭下如积水空明，水中藻荇交横，盖竹柏影也。

何夜无月，何处无竹柏，但少闲人如吾两人耳。

【注释】

①承天寺：在今湖北黄冈南，是当时的著名佛寺。

②元丰六年：1083 年。

③张怀民：即张梦得，字怀民，清河（今河北清河）人。元丰六年贬谪到黄州，寓居承天寺，与苏轼交谊甚深。

④中庭：住宅等建筑物中央的露天庭院。

【赏读】

这篇小品文作于作者被贬黄州期间，区区几十个字融叙事、写景、抒情于一体，成为千古名篇。

首句即点明时间"元丰六年十月十二日夜"，当时苏轼被贬至黄州已近四年了，也已经渐渐习惯了此地的生活。在一个萧瑟清寒的夜晚，本已欲睡，但见"月色入户"，便睡意顿消，欣然起行。如此寂寥的寒夜，能与自己同赏月色的，唯张怀民而已。张怀民是苏轼好友，同样贬谪黄州，寓居承天寺，筑有"快哉亭"，苏辙称赞他"不以谪为患……而自放山水之间"（《黄州快哉亭记》）。

以下写景，则为神来之笔。二人步于中庭，看月光清辉皎洁，恍如仙境。"庭下如积水空明"，极言月色之清澈澄明，宛如一泓碧水，波光潋滟；"水中藻荇交横，盖竹柏影也"，水草纵横交错，或浓或淡，漂浮摇曳其间，原来是竹柏影落庭墀，娟娟弄姿，秀媚可人。《唐宋十大家全集录·东坡集录》云"仙笔也。读之觉玉宇琼楼，高寒澄澈"。

两个人交谈了些什么呢？是贬谪到此处的苦闷，是知天命的人生感慨，还是漫步亭中赏月的欣喜，我们无从得知。但是在这荒芜的黄州，这一夜，月光至美，竹影至丽，唯此二人能有幸领略！

篇末点出"闲人"二字，是自慰，也是自嘲。苏轼曾云："江山风月本无常主，闲者便是主人。"（《临皋闲题》）此外，唯"吾两人"是"闲人"，才有雅兴赏此冷月琼瑶，固然足以自宽自慰，但是苏轼毕竟是有志用世之人，如今沦为"闲人"不免带着自嘲的意味，也有挥之不去的落寞悲凉。

记游庐山①

　　仆初入庐山，山谷奇秀，平生所未见，殆应接不暇，遂发意不欲作诗。已而见山中僧俗，皆云："苏子瞻来矣！"不觉作一绝云："芒鞋青竹杖，自挂百钱②游。可怪深山里，人人识故侯③。"既自哂④前言之谬，又复作两绝，云："青山若无素⑤，偃蹇⑥不相亲。要识庐山面，他年是故人。"又云："自昔忆清赏，初游杳霭间。如今不是梦，真个是庐山。"

　　是日，有以陈令举《庐山记》见寄者，且行且读，见其中云徐凝、李白之诗⑦，不觉失笑。旋入开先寺，主僧求诗，因作一绝⑧云："帝遣银河一派垂，古来惟有谪仙辞。飞流溅沫知多少？不与徐凝洗恶诗。"

　　往来山南北十余日，以为胜绝，不可胜谈，择其尤者，莫如漱玉亭、三峡桥，故作此二诗⑨。最后与总老⑩同游西林⑪，又作一绝云："横看成岭侧成峰，到处看山了不同⑫。不识庐山真面目，只缘身在此山中。"仆庐山诗尽于此矣。

【注释】

①庐山：即今江西九江庐山，为我国名山。

②挂百钱：晋代阮修常把一百个铜钱挂在杖头，步行去酒店沽酒畅饮。典出《世说新语·任诞》："阮宣子常步行，以百钱挂杖头，至酒店，便独酣畅，虽当世贵盛，不肯诣也。"

③故侯：语出《史记·萧相国世家》："召平者，故秦东陵侯。秦破，为布衣，贫，种瓜于长安城东。"泛指曾任高官而失意隐居之人。这里是作者自指。

④自哂（shěn）：自嘲。

⑤素：老交情，往日的情谊。

⑥偃蹇（jiǎn）：骄横，傲慢。

⑦徐凝、李白之诗：二人都有关于庐山瀑布的诗。徐凝，中唐诗人，宪宗时官至侍郎，有《庐山瀑布》诗。李白之诗即指《望庐山瀑布（其二）》："日照香炉生紫烟，遥看瀑布挂前川。飞流直下三千尺，疑是银河落九天。"

⑧因作一绝：此诗题为《戏徐凝瀑布诗》。

⑨故作此二诗：这两首诗总题《庐山二胜》，题名分别是《开先漱玉亭》和《栖贤三峡桥》。

⑩总老：即常总禅师，宋名僧，时为庐山东林寺

住持。

⑪西林：指西林寺。下所作诗即《题西林壁》。

⑫到处看山了不同：此句又作"远近高低各不同"。

【赏读】

元丰七年（1084）正月，苏轼接到了宋神宗的诏令，到汝州任团练副使。同年四月，苏轼结束了在黄州四年多的谪居生活，前往汝州任职，途中经过九江，便在老朋友刘恕的弟弟刘格的陪同下游览庐山。苏轼看到庐山如此奇秀的风景，"遂发意不欲作诗"，是想将时间都留给庐山无尽的美景。

仍旧是竹杖芒鞋，行走在深山之间，看山看水看花，听鸟鸣虫叫，间或也许看到奔跑过的兔子，同游者说着唱着，那些旧时光里经历过的挫败也如同走过的路一样，都过去了。山行之中，没想到山中的僧人纷纷与自己打招呼，从而诗兴大发作"芒鞋青竹杖，自挂百钱游。可怪深山里，人人识故侯"。僧人们是如何知晓他是苏轼的，我们不得而知。但苏轼吟完诗之后，发觉已经违背了前面的誓言，于是干脆又作了两首绝句。

游览开先寺时，住持请求苏轼赋诗，所以苏轼又作了一首。与前面几首的即兴而发不一样的是，这首诗是"以诗论诗"。徐凝是当时颇有名气的一位诗人，他曾作

《庐山瀑布》诗："虚空落泉千仞直，雷奔入江不暂息。
千古长如白练飞，一条界破青山色。"苏轼作《戏徐凝瀑
布诗》，诗前有序："世传徐凝瀑布诗云'一条界破青山
色'，至为尘陋。"

漫游庐山之中，风景绮丽之处甚多，苏轼的庐山诗，
以最后所观之西林壁的"横看成岭侧成峰，远近高低各
不同。不识庐山真面目，只缘身在此山中"最为著名。
此诗富于哲理，成为与李白的《望庐山瀑布》齐名的关
于庐山美景的佳作。

苏轼称其关于庐山的诗歌尽于此诗，与前文的"遂
发意不欲作诗"对读，读者可一笑也。本篇诗文一体，
苏轼潇洒的天性和浪漫的诗才，也在这一路吟咏中完美
地呈现给我们了。

记樊山①

　　自余所居临皋亭下，乱流而西，泊于樊山，为樊口。或曰"燔山"，岁旱燔之，起龙致雨②；或曰樊氏居之。不知孰是。其上为卢洲③，孙仲谋④泛江遇大风，柂师⑤请所之。仲谋欲往卢洲，其仆谷利⑥以刀拟⑦柂师，使泊樊口。遂自樊口凿山通路归武昌，今犹谓之"吴王岘⑧"。有洞穴，土紫色，可以磨镜。

　　循山而南，至寒溪寺，上有曲山，山顶即位坛⑨、九曲亭，皆孙氏遗迹。西山寺泉水白而甘，名菩萨泉，泉所出石如人垂手也。山下有陶母庙⑩。陶公⑪治武昌，既病登舟，而死于樊口。寻绎故迹，使人凄然！仲谋猎于樊口，得一豹，见老母，曰："何不逮其尾？"忽然不见。今山中有圣母庙，予十五年前过之，见彼板仿佛有"得一豹"三字，今亡矣。

【注释】

　　①樊山：山名，在今湖北鄂州，上有九曲岭。《水经

注》："今武昌郡治，城南有袁山，即樊山也。"

②"岁旱"二句：《搜神记》载："樊山若天旱，以火烧山，即至大雨。今往往有验。"起龙，指使龙腾起而行雨。

③其上为卢洲：北边是卢洲。上，这里指北。

④孙仲谋（182~252）：即孙权，字仲谋，吴郡富春（今浙江富阳）人。三国时吴国的建立者，与刘备合力在赤壁击败曹操，形成三国鼎立之势。

⑤柂（duò）师：船上掌舵的人。柂，同"舵"。

⑥谷利：孙权的仆人，后因救主有功，被拜为都亭侯。

⑦拟：比画，这里指威胁。

⑧岘（xiàn）：小而高的山岭。

⑨即位坛：传说为孙权即帝位时所筑之坛。

⑩陶母庙：晋陶侃的母亲湛氏因为教子有方，武昌人建庙于西山脚下称颂她，陶母事迹参见《晋书·列女传》。

⑪陶公：即陶侃，字士行（一作士衡），东晋寻阳（今江西九江西南）人，东晋时期名将，曾任龙骧将军、武昌太守，封长沙郡公。

【赏读】

本篇是苏轼游览樊山时所写的一篇游记，先是讨论山名的得来，接着用插叙的手法讲述了孙权带兵泛江过此地的故事。

《三国志》卷四十七《吴主传》裴松之注引《江表传》载：

> 权于武昌新装大船，名为长安，试泛之钓台圻。时风大盛，谷利令柂工取樊口。权曰："当张头取罗州。"利拔刀向柂工曰："不取樊口者斩。"工即转柂入樊口，风遂猛不可行，乃还。权曰："阿利畏水，何怯也？"利跪曰："大王万乘之主，轻于不测之渊，戏于猛浪之中，船楼装高，邂逅颠危，奈社稷何？是以利辄敢以死争。"权于是贵重之，自此后不复名之，常呼曰谷。

黄初五年（224），孙权在武昌建造大型船舰，这艘船下水试航之际，狂风大作，当时与孙权一起在船上的谷利意识到危险，就命令舵手转往樊口。孙权坚持迎风前往罗州。谷利拔刀上前逼迫舵手立即往樊口停靠。后来，风势果然比刚才猛烈数倍，无法行船，只得返航。孙权于是更加器重谷利。

全文记行踪、传闻，述传闻又有考证，内容丰富又意蕴深厚。

石钟山①记

　　《水经》②云："彭蠡③之口，有石钟山焉。"郦元④以为下临深潭，微风鼓浪，水石相搏，声如洪钟。是说也，人常疑之。今以钟磬置水中，虽大风浪，不能鸣也，而况石乎！至唐李渤⑤始访其遗踪，得双石于潭上，扣而聆之，南声函胡⑥，北音清越，桴止响腾⑦，余韵徐歇，自以为得之矣。然是说也，余尤疑之。石之铿然有声者，所在皆是也，而此独以钟名，何哉？

　　元丰七年六月丁丑⑧，余自齐安⑨舟行适临汝⑩，而长子迈将赴饶之德兴尉⑪，送之至湖口⑫，因得观所谓石钟者。寺僧使小童持斧，于乱石间择其一二扣之，硿硿⑬焉，余固笑而不信也。至暮夜月明，独与迈乘小舟至绝壁下，大石侧立千仞，如猛兽奇鬼，森然欲搏人。而山上栖鹘⑭，闻人声亦惊起，磔磔⑮云霄间。又有若老人咳且笑于山谷中者，或曰："此鹳鹤⑯也。"余方心动欲还，而大声发于水上，噌吰⑰如钟鼓不绝，舟人大恐。徐而察之，则山下皆石穴罅，不知其浅深，微波入焉，涵澹澎湃而为此也。舟回至两山间，将入港口，有大石当中流，可坐百人，空中而多窍，与风水相吞吐，有窾坎⑱镗鞳⑲之声，与向之噌吰者相应，如乐作焉。

因笑谓迈曰："汝识之乎？噌吰者，周景王之无射⑳也。窾坎镗鞳者，魏庄子之歌钟㉑也。古之人不余欺也。事不目见耳闻，而臆断其有无，可乎？"郦元之所见闻，殆与余同，而言之不详。士大夫终不肯以小舟夜泊绝壁之下，故莫能知。而渔工水师，虽知而不能言，此世所以不传也。而陋者乃以斧斤考击而求之，自以为得其实。余是以记之，盖叹郦元之简，而笑李渤之陋也。

【注释】

①石钟山：在今江西湖口附近，鄱阳湖与长江汇流处。

②《水经》：我国古代一部专记江水河道的地理书。旧题汉桑钦注，郦道元在此基础上作了《水经注》。

③彭蠡（lǐ）：湖泊名，在今江西省北部，长江以南，即今鄱阳湖。

④郦元：即郦道元。北魏地理学家、散文家，范阳涿县（今河北涿州）人。撰《水经注》一书，阐述《水

经》水道的源流及沿岸风土景物，并订正《水经》中的谬误，在地理学和文学上都有颇高的价值。

⑤李渤：字浚之，洛阳人，唐宪宗元和年间曾任江州（治今江西九江）刺史，写过《辨石钟山记》。

⑥函胡：同"含糊"，重浊而含混。

⑦桴（fú）止响腾：停下鼓槌，响声还在腾播。桴，击鼓的槌。

⑧元丰七年六月丁丑：即公元1084年农历六月初九。

⑨齐安：郡名，治今湖北黄冈一带。

⑩临汝：郡名，治今河南汝州，当时苏轼由黄州团练副使改官汝州。

⑪长子迈将赴饶之德兴尉：苏轼长子苏迈，字伯达，元丰七年（1084），迈授饶州府德兴县尉。

⑫湖口：今江西湖口，石钟山所在地。

⑬硿（kōng）硿：象声词，击金石声。

⑭栖鹘（hú）：宿巢的鹘。鹘，一种鸟，短尾，青黑色。

⑮磔（zhé）磔：象声词，鸟鸣声。

⑯鹳鹤：水鸟名。形似鹤，嘴长而直，顶不红，常活动于水旁，夜宿高树。

⑰噌吰（chēng hóng）：形容钟声洪亮。

⑱窾坎（kuǎn kǎn）：击物声。

⑲镗鞳（táng tà）：钟鼓声。

⑳周景王之无射（yì）：据《国语》记载，周景王二十三年（前522）铸成一口大钟，以乐律"无射"命名。

㉑魏庄子之歌钟：《左传》记载，鲁襄公十一年（前562），郑国送给晋侯两套歌钟，晋侯赐给晋大夫魏绛一套。庄子，是魏绛的谥号。歌钟，古乐器。

【赏读】

本文作于元丰七年（1084）六月苏轼自黄州赴汝州途中。此时长子苏迈已经二十六岁，被任命为德兴县尉，故而一家人绕道湖口，也因此得以游览石钟山。对石钟山的得名，历来有两种解释。郦道元的《水经注》认为："下临深潭，微风鼓浪，水石相搏，响如洪钟。"他强调水击打山石，因为声响大而得名。后来，唐朝李渤也在此考察，他认为"扣而聆之，南声函胡，北音清越，枹止响腾余韵徐"，故而得名。

苏轼至此，显然也是为了求证石钟山的得名而来，刘大櫆称此文为"坡公第一首记文"，是说此文虽然是说理文，但也饶有意趣。本文就记述了苏轼前往石钟山求证的经过，最后得出结论：只有实地考证才能得到真知。

有人认为苏轼关于石钟山得名由来的解释也是错误的。正确的说法是："盖全山皆空，如钟覆地，故得钟名。"后人经过考察，认为石钟山之所以得名，是因为它既具有钟之"声"，又具有钟之"形"。

清钱澄之《田间诗集》中称："下见石钟石，纷纷考击痕。嗟此李渤误，如何至今存。此山本空洞，如覆盂与盆。水落人可入，有路达城根。以此风鼓浪，水石互吐吞。所以苏公来，大声水上喧。自公此记出，一洗石钟冤。明明《水经注》，不肯信郦元。世无读书人，固陋安与论。"

清郭庆藩《舟中望石钟山》曰："洪钟旧待洪钟铸，不及兹山造化工。风入水中波激荡，声穿江上石玲珑。"

题罗浮①

绍圣元年②九月二十六日，东坡翁迁于惠州，舣③舟泊头镇④。明晨，肩舆十五里，至罗浮山，入延祥宝积寺，礼天竺瑞像，饮梁僧景泰禅师卓锡泉，品其味，出江水上远甚。东三里至长寿观。又东北三里，至冲虚观。观有葛稚川⑤丹灶。次之，诸仙者朝斗坛。观坛上所获铜龙六、鱼一。坛北有洞，曰朱明，榛莽不可入。水出洞中，锵鸣如琴筑⑥。水中皆菖蒲，生石上。道士邓守安⑦字道玄，有道者也。访之，适出。坐遗屧轩，望麻姑峰。方饮酒，进士许毅来游，呼与饮。既醉，还宿宝积中阁。夜大风，山烧壮甚，有声。晨粥已，还舟，憩花光寺。从游者，幼子过、巡检史珪、宝积长老齐德、延祥长老绍冲、冲虚道士陈熙明。山中可游而未暇者，明福宫、石楼、黄龙洞，期以明年三月复来。

【注释】

①罗浮：山名，在今广东东江北岸。有道教称许的天下第七洞天朱明洞，第三十四福地泉源洞，东汉葛洪曾修道于此山。

②绍圣元年：即1094年。

③舣（yǐ）：使船靠岸。

④泊头镇：《读史方舆纪要》载："泊头墟，距罗浮山十五里，广、惠二郡舟楫，及自陆路而至入罗浮山者，皆毕集于此。"《苏诗总案》中也称："由东莞县石泷镇溯水而上十五里，至泊头墟。"

⑤葛稚川：即葛洪，晋丹阳句容（今江苏句容）人，字稚川，自号抱朴子。好神仙导养之法，闻交趾出丹砂，率子侄至广州，到罗浮山炼丹，死于山中。有《抱朴子》一书。

⑥琴筑：琴和筑均为乐器名。琴，俗称古琴，琴面张弦七根，奏时右手弹弦，左手按弦。筑，形似琴，有十三弦，颈细而肩圆，奏时左手按弦的一端，右手执竹尺击弦发音。

⑦邓守安：罗浮山道士，后来与苏轼交往甚密。

【赏读】

这一时期的苏轼千里迢迢奔赴任所，一路上朝廷五次更改谪命，他最终在绍圣元年（1094）的九月抵达惠州。到惠州后，他便到罗浮山去游览。罗浮山被佛教称为罗浮第一禅林，又被道教尊为天下第七洞天、第三十四福地，素有"岭南第一山"之称。

从此文可以看出苏轼游览的行迹，他先是到延祥宝积寺礼佛，接着往东行三里至长寿观，然后又往东北行了三里到冲虚观。冲虚观才是苏轼此行的重点之所在。原因有二：一来因为此观有葛洪炼丹的炉灶；二来此观景致非凡，同时又是道士邓守安的居所。

《番禺县志》记载："邓守安，字道立。不知何许人。罗浮道士有道者也。虽山野拙讷，好为勤身济物之事，广惠人，皆敬慕之。时苏轼谪惠州，闻其事，《和韦苏州〈寄全椒山中道士〉》诗以戏之云：'一杯罗浮春，远饷采薇客。遥知独酌罢，醉卧松下石。幽人不可见，清啸闻月夕。聊戏庵中人，空飞本无迹。'"这首诗是苏轼读了韦应物的《寄全椒山中道士》，用原韵和了一首，寄给罗浮山中的邓道士，诗又名《寄邓道士》。"罗浮春"是苏轼在惠州期间学习客家人酿酒方式而自酿的一种酒。相传苏轼还将酿酒秘方刻石为记，藏于罗浮山中。

苏轼写过很多关于罗浮山的诗，其中最有名的当然是他的《食荔枝》诗："罗浮山下四时春，卢橘杨梅次第新。日啖荔枝三百颗，不辞长作岭南人。"此外还有一些

名句，如："人间有此白玉京，罗浮见日鸡一鸣。南楼未
必齐日观，郁仪自欲朝朱明。"（《游罗浮山一首示儿子
过》）"罗浮高万仞，下看扶桑卑。默坐朱明洞，玉池自
生肥。"（《次韵定慧钦长老见寄八首》）

游白水^①书付过^②

　　绍圣元年十月十二日，与幼子过游白水佛迹院^③。浴于汤池，热甚，其源殆可熟物。循山而东，少北，有悬水百仞。山八九折，折处辄为潭，深者磓石五丈不得其所止。雪溅雷怒，可喜可畏。水崖有巨人迹数十，所谓佛迹也。

　　暮归倒行^④，观山烧^⑤，火甚。俯仰^⑥度数谷，至江。山月出，击汰^⑦中流，掬弄珠璧^⑧。

　　到家，二鼓，复与过饮酒，食余甘煮菜。顾影颓然，不复甚寐。书以付过。东坡翁。

【注释】

　　①白水：即白水山，旧属广东惠州府，在今广东增城东。因山有瀑布如练而得名。苏轼《白水山佛迹岩》诗自注云："罗浮之东麓也，在惠州东北二十里。"

　　②过：苏轼的第三子苏过。苏过，字叔党，自号斜川居士，以荫补官，为右承务郎。长于诗文，精于书画，

时人称"小坡",有《斜川集》。绍圣、元符中,随苏轼谪迁。

③佛迹院:在白水山佛迹岩附近的寺庙。

④倒行:即倒退而行,也称"却行"。苏轼《和陶〈归园田居〉六首》序云:"游白水山佛迹岩,沐浴于汤泉,晞发于悬瀑之下,浩歌而归。肩舆却行,以与客言。……"肩舆即轿子,有时也由两人持竿共抬一竹椅,像轿子一样。此即意谓乘肩舆背向归途,面向山路,等于倒退而行,可观山景。

⑤山烧(shào):焚烧山上野草,然后开垦播种。

⑥俯仰:指在山路间上上下下。

⑦击汰(tài):指拍击水波,亦指划船。汰,水波。

⑧珠璧:指星月在水中的倒影。

【赏读】

绍圣元年(1094),苏轼被贬为建昌军司马。他带着小儿子苏过、侍妾朝云和两位婢女前行,经过长途跋涉辗转来到惠州。这篇小品文展现的就是苏轼和苏过在惠州生活的一个缩影。

苏过是苏轼的小儿子,为王闰之所生。在苏轼的三个儿子中,论性情才气、文章翰墨,以苏过得父亲遗传最多,"过文采风致,不减乃父;书画亦不逊,咄咄有逼老翁之势力"。苏过被时人称为"小坡",又与苏轼、苏辙、苏洵被称为"四苏",清代赵怀玉有诗说:"几闻艺苑名三世,曾见书林榜四苏。"

苏轼被贬,从黄州、惠州到儋州,苏过一直陪侍左右。苏轼被贬谪到惠州时,苏过年仅二十三岁,他和王朝云一起陪同苏轼前往惠州。到惠州一年之后王朝云因病去世,此后,苏轼的饮食服用,一应生活所需,均由苏过负责。为了照顾父亲,苏过学了很多烹饪等技能,还用诗文宽慰苏轼,陪伴父亲度过了最为艰难的日子。晁说之《故宋通直郎眉山苏叔党墓志铭》说东坡先生晚年投荒,"邈乎九死不测之险也,独叔党侍先生以往来。……惟是叔党,于先生饮食服用,凡生理昼夜寒暑之所须者,一身百为,而不知其难。翁板则儿筑之,翁樵则儿薪之,翁赋诗著书则儿更端起拜之,为能须臾乐乎先生者也"。

记游松风亭①

　　余尝寓居惠州嘉祐寺②，纵步松风亭下，足力疲乏，思欲就林止息。望亭宇尚在木末③，意谓是如何得到？良久，忽曰："此间有什么歇不得处？"由是如挂钩之鱼，忽得解脱。若人悟此，虽兵阵相接，鼓声如雷霆，进则死敌④，退则死法⑤，当甚么时也不妨熟歇⑥。

【注释】

　　①松风亭：在惠州嘉祐寺附近，南宋王象之《舆地纪胜》载："亭在弥陀寺后山之巅，始名峻峰。植松二十余株，清风徐来，因谓之松风亭。"

　　②嘉祐寺：苏东坡寓居惠州时的主要住地，故址在白鹤峰下。

　　③木末：树梢，指在高处。

　　④死敌：死在敌人手里。

　　⑤死法：死于军法。

　　⑥熟歇：好好地歇息一番。

【赏读】

苏轼于绍圣元年（1094）十月二日至惠州，寓居官舍合江楼，十八日迁居嘉祐寺。嘉祐寺附近山顶有松风亭，他常常漫步至亭中，站在松山云海之中游目四方，以宽慰身心。本文写游松风亭，名为"记游"，实是解剖自己的心路历程，近于禅宗的顿悟，道出了禅机。

这天，苏轼仍是从嘉祐寺到松风亭，走到半路却觉得疲惫，此时松风亭还在高处，嘉祐寺也在远处。该怎么办呢？两难之间突然想到："此间有什么歇不得处？"何必拘泥于到哪里休息呢？随便找块石头坐下，感凉风有信而秋月无边，可歇息后继续攀爬至松风亭，亦可掉头回去至嘉祐寺，何必拘泥于到或者不到呢。于是，他瞬间就得到了解脱："如挂钩之鱼，忽得解脱。"

禅宗谓"歇即菩提"，苏轼"良久"思考之后所得亦是顿悟。漫漫人生路，没有什么目标是非达到不可的，精疲力竭时何不就地歇歇，也许就看到了别样的景致呢。

书海南风土

岭南天气卑湿①，地气蒸溽②，而海南为甚。夏秋之交，物无不腐坏者。人非金石，其何能久。然儋耳③颇有老人，年百余岁者，往往而是；八九十者不论也。乃知寿夭无定，习而安之，则冰蚕火鼠④，皆可以生。

吾尝湛然⑤无思，寓此觉于物表，使折胶之寒⑥，无所施其冽，流金之暑⑦，无所措其毒，百余岁岂足道哉！彼愚老人者，初不知此，特如蚕鼠生于其中，兀然⑧受之而已。一呼之温，一吸之凉，相续无有间断，虽长生可也。

庄子曰："天之穿之，日夜无隙，人则固塞其窦⑨。"岂不然哉。

九月二十七日，秋霖雨不止，顾视帏帐，有白蚁升余，皆已腐烂，感叹不已。信手书。时戊寅岁也。

【注释】

①卑湿：地势低下潮湿。

②蒸溽（rù）：闷热而潮湿。

③儋（dān）耳：汉置儋耳郡，唐改为儋州，北宋熙宁六年（1073）废州为昌化军，治所在今海南儋州。苏轼有《儋耳》诗："霹雳收威暮雨开，独凭栏槛倚崔嵬。垂天雌霓云端下，快意雄风海上来。野老已歌丰岁语，除书欲放逐臣回。残年饱饭东坡老，一壑能专万事灰。"

④冰蚕火鼠：均为传说中的动物，一生极寒之地，一生酷热之处；一不畏寒，一不怕暑；两物常并列对举使用。

⑤湛然：安静的样子。

⑥折胶之寒：冷得使胶硬化而折断，形容极寒的天气。

⑦流金之暑：热得使金属熔化为液体，形容极热的天气。

⑧兀然：昏然无知的样子。

⑨窦：人体某些器官或组织的内部凹入的部分，如鼻窦。此处指孔窍。

【赏读】

苏轼晚年曾作诗称"问汝平生功业，黄州惠州儋州"。苏轼一生先后三次遭贬，第一次发落在黄州，第二次贬到了岭南的惠州，第三次是在海南的儋州。

今人提到海南，想到的是阳光海滩，椰林风光，但在当时海南岛还是一个荒岛，地处边陲，闭塞落后，被称为蛮荒之地。苏轼在《到昌化军谢表》中称："今年四月十七日，奉被诰命，责授臣琼州别驾昌化军安置。臣寻于当月十九日起离惠州，至七月二日已至昌化军讫者。并鬼门而东骛，浮瘴海以南迁。生无还期，死有余责。……伏念臣顷缘际会，偶窃宠荣，曾无毫发之能而有丘山之罪。宜三黜而未已，跨万里以独来。恩重命轻，咎深责浅。……而臣孤老无托，瘴疠交攻，子孙恸哭于江边，已为死别；魑魅逢迎于海外，宁许生还？"

显然，初到海南时，他是绝望而苦闷的。但，苏轼就是苏轼，很快，他就发现了海南的好——这里的居民都很长寿。这一现象打破了瘴疠之地折损性命的世俗观念，给了他安慰和信心。于是，他便以旷达的胸怀接纳生活，同时也采取各种方法来丰富生活。他一边学习海南人养生御瘴的方法，一边自己研究养生之道，创"龟息法"。他向当地老百姓学习栽种、酿酒、制墨，过着自种自食的田园生活；他与各地朋友相互唱和，写下大量诗文；他传教授业，海南人士多从之游。苏轼在儋州，不仅没有魂归海南，还留下千古芳名，至今儋州还有东坡书院。

记过合浦①

余自海康②适合浦，连日大雨，桥梁大坏，水无津涯③。自兴廉村净行院下，乘小舟至官寨，闻自此西皆涨水，无复桥船。或劝乘蜑④并海即白石。是日六月晦，无月，碇⑤宿大海中。天水相接，星河满天，起坐，四顾太息："吾何数乘此险也！已济徐闻，复厄于此乎？"稚子过在旁鼾睡，呼不应。所撰《书》《易》《论语》，皆以自随，而世未有别本。抚之而叹曰："天未欲使从是也，吾辈必济！"已而果然。七月四日合浦记，时元符三年也。

【注释】

①合浦：郡名，亦称廉州，治今广西合浦。

②海康：郡名，亦称雷州，治今广东雷州。以下兴廉村、官寨、白石、徐闻等均是当地地名。

③津涯：边际，范围。

④蜑（dàn）：即"蛋民"，一个古老的民族，散居

于今广东、广西、福建沿海一带，以捕鱼、采珠、水上运输为业。此处乘蛋指乘坐蛋人的小船。

⑤碇（dìng）：船停泊时沉在水中以固定船身的石礅，其作用如后来的锚。

【赏读】

元符三年（1100）正月，徽宗即位，大赦元祐党人，于四月下诏："苏轼等徙内郡。"五月，苏轼获诰命，准以琼州别驾迁廉州安置，廉州即合浦。

苏轼于六月离开儋耳，经海康前往合浦。他本打算走旱路，因遇连日大雨，河水暴涨，桥梁受到破坏，不得不走一段回头路，绕海道从合浦的兴廉村净行院，下乘小船至官寨。听说从这里到西边都发大水，既无桥可渡又无船可乘，只能听人劝告，乘坐蛋民小船，冒险前往合浦的白石村。

写这篇文章时是七月四日，此时苏轼已到了廉州。八月，他又被授舒州团练副使，移永州安置。八月底离开廉州，经梧州、康州，抵广州，与苏迨、苏迈及其他家人在广州相聚。十一月离开广州，继续北上。第二年七月病逝于常州。

卷二 题跋

霏霏乎其若轻云之蔽月，
翻翻乎其若长风之卷旆也。
猗猗乎其若游丝之萦柳絮，
袅袅乎其若流水之舞行带也。

书黄筌^①画雀

黄筌画飞鸟，颈足皆展。或曰："飞鸟缩颈则展足，缩足则展颈，无两展者。"验之信然。乃知观物不审^②者，虽画师且不能，况其大者乎？君子是以务^③学而好问也。

【注释】

①黄筌：五代后蜀画家，字要叔，成都（今四川成都）人。擅画花鸟，师刁光胤，并取法滕昌祐，后自成一派。

②审：详细，周密。

③务：从事，致力。

【赏读】

本文作于熙宁元年（1068），苏轼认为黄筌虽然是擅长画花鸟的著名画家，但由于没有把握鸟起飞的规律，画出了有悖于飞鸟形态的画作。强调艺术创作要符合生活真实，画家要深入去观察生活才能获得创作上的真知。

书戴嵩^①画牛

　　蜀中有杜处士^②，好书画，所宝以百数。有戴嵩《牛》一轴，尤所爱，锦囊玉轴，常以自随。一日曝书画，有一牧童见之，拊掌大笑，曰："此画斗牛也。牛斗，力在角，尾搐^③入两股间，今乃掉尾^④而斗，谬矣。"处士笑而然之。古语有云："耕当问奴，织当问婢。"不可改也。

【注释】

　　①戴嵩：唐代画家，擅画田家、川原之景，画水牛尤为著名，后人谓得"野性筋骨之妙"，与韩干画马并称"韩马戴牛"。传世作品有《斗牛图》。

　　②处士：有才学而隐居不做官的人，后亦泛指未做过官的士人。

　　③搐（chù）：牵动，肌肉抖动。指尾巴紧紧缩在两条后腿间。

　　④掉尾：甩起尾巴。

【赏读】

本文写了一个"牧童评画"的故事，最后的两句古语，点出写作主旨。全文不足百字，语言生动传神，情趣盎然，揭示出艺术源于生活的道理，也说明在某一方面最有发言权的人是最富实践经验的人。

韩干①画马赞

韩干之马四。其一在陆，骧首奋鬣②，若有所望，顿足而长鸣；其一欲涉，尻高首下，择所由济③，局蹐④而未成；其二在水，前者反顾，若以鼻语，后者不应，欲饮而留行。

以为厩马也，则前无羁络⑤，后无棰策⑥；以为野马也，则隅目⑦耸耳，丰臆细尾⑧，皆中度程⑨。萧然如贤大夫、贵公子，相与解带脱帽，临水而濯缨。遂欲高举远引，友麋鹿而终天年，则不可得矣；盖优哉游哉，聊以卒岁而无营⑩。

【注释】

①韩干：唐代著名画家，相传少时曾为酒肆送酒，得到王维的资助后随曹霸学画十余年，成为画马名家，官至太府寺丞。

②骧（xiāng）首奋鬣（liè）：昂首摇鬣。骧，头高昂。鬣，马、狮子等颈上的长毛。

③择所由济：选择渡河的地方。济，渡河。

④局踏（jí）：迂回徘徊。踏，后脚紧跟着前脚，用极小的步子走路。

⑤羁络：马络头。

⑥棰策：鞭子。棰，鞭子。策，竹制的马鞭。

⑦隅（yú）目：斜眼而视，怒视貌。这里指有棱角的眼眶，是良马的特征，杜甫有"隅目青荧夹镜悬"句。

⑧丰臆细尾：丰满的胸脯，细长的尾巴。臆，胸。

⑨皆中度程：全符合良马的标准。度程，尺度、标准。

⑩无营：无所求。营，经营、追求。

【赏读】

本文约作于熙宁七年（1074）至熙宁十年（1077）之间，再现了韩干所画的三组马的不同神态。这几匹既非厩马也非野马的画中马，因为韩干高超的画工，便如贤大夫、贵公子一般，俨然有了人的性情。其实杜甫早就在《丹青引赠曹将军霸》中指出："弟子韩干早入室，亦能画马穷殊相。"作为画家的苏轼对韩干画马的技艺也颇为赏识，曾为之写下不少诗歌。

苏轼在《次韵子由书李伯时所藏韩干马》称"君不见韩生自言无所学，厩马万匹皆吾师"；在《韩干三马》

中称"画马不独画马皮，画出三马腹中事"；在《韩干画马十四匹》中称"韩生画马真是马，苏子作诗如见画。世无伯乐亦无韩，此诗此画谁当看"。他认为韩干所画的是"真马"，展现了高超的技艺。却又由此感慨：如今世上没有善相马的伯乐，也没有了画马的韩干，那么此诗此画留给谁看呢？叹惜世无知音。

四菩萨阁记

　　始吾先君[①]于物无所好，燕居如斋[②]，言笑有时。顾尝嗜画，弟子门人无以悦之，则争致其所嗜，庶几一解其颜。故虽为布衣，而致画与公卿等。

　　长安有故藏经龛，唐明皇帝[③]所建，其门四达，八板[④]皆吴道子[⑤]画，阳为菩萨，阴为天王，凡十有六躯。广明之乱[⑥]，为贼所焚。有僧忘其名，于兵火中拔其四板以逃。既重不可负，又迫于贼，恐不能皆全，遂窍其两板以受荷，西奔于岐[⑦]，而寄死[⑧]于乌牙之僧舍，板留于是百八十年矣。客有以钱十万得之以示轼者，轼归其直，而取之以献诸先君。先君之所嗜，百有余品，一旦以是四板为甲。

　　治平[⑨]四年，先君没[⑩]于京师。轼自汴入淮，溯于江，载是四板以归。既免丧，所尝与往来浮屠人惟简，诵其师之言，教轼为先君舍施必所甚爱与所不忍舍者。轼用其说，思先君之所甚爱，轼之所不忍舍者，莫若是板，故遂以与之。且告之曰："此明皇帝之所不能守，而焚于贼者也，而况于余乎！余视天下之蓄此者多矣，有能及三世者乎？其始求之若不及，既得，惟恐失之，而其子孙不以易衣食者，鲜矣。余惟自度不能长守此也，是以与子。子将何以守之？"简曰："吾以身守之。吾眼可霍⑪，吾足可斫，吾画不可夺。若是，足以守之欤？"轼曰："未也。足以终子之世而已。"简曰："吾又盟于佛，而以鬼守之。凡取是者与凡以是予人者，其罪如律。若是，足以守之欤？"轼曰："未也。世有无佛而蔑鬼者。""然则何以守之？"曰："轼之以是予子者，凡以为先君舍也。天下岂有无父之人欤？其谁忍取之。若其闻是而不悛，不惟一观而已，将必取之然后为快，则其人之贤愚，与广明之焚此者一也。全其子孙难矣，而况能久有此乎！且夫不可取者存乎子，取不取者存乎人。子勉之矣，为子之不可取者而已，又何知焉。"

　　既以予简，简以钱百万度为大阁以藏之，且画先君像其上。轼助钱二十之一，期以明年冬阁成。熙宁元年十月二十六日记。

【注释】

　　①先君：已死的父亲，指苏轼父亲苏洵，字明允，号老泉。以文章著称于世，与苏轼、苏辙同属唐宋八大

家，世称"三苏"，有《嘉祐集》。

②燕居如斋：闲居过着清心寡欲的生活。燕居，闲居。

③唐明皇帝：指唐玄宗李隆基。

④八板：指四扇门的八块门板。

⑤吴道子：名道玄，唐代阳翟（今河南禹州）人。著名画家，尤擅长道释人物及山水，有"画圣"之称。

⑥广明之乱：指唐末黄巢农民起义。广明，唐僖宗年号。

⑦岐：指岐山，在今陕西岐山县东北，此处指凤翔府。

⑧寄死：客死。

⑨治平：宋英宗赵曙年号（1064～1067）。

⑩没：通"殁"，去世。

⑪霍：通"瞫（huò）"，使眼失明。

【赏读】

本文作于宋神宗熙宁元年（1068）十月二十六日，当时苏轼在蜀居父忧。全文讲述了四菩萨画像的传奇来历及建阁经过，蕴含着对亡父深深的思念。

长安有座唐明皇时建造的藏经龛，龛开四门，八扇门板，正面画菩萨，背面绘天王，八扇门板共十六幅，皆吴道子真迹。唐僖宗广明元年（880）黄巢起义时，藏经龛被军火焚毁。一位僧人在大火中拆下四块门板，历经千辛万苦，带到凤翔。迄至宋代，有人花十万钱购得此画，并转卖给苏轼，苏轼又将其献给父苏洵。苏洵嗜好古画，将其奉为至爱。苏洵逝后，苏轼把四菩萨画像捐献给大慈寺。大慈寺住持惟简承诺"以身守之。吾眼可霍，吾足可斫，吾画不可夺"，并耗钱百万度造大阁珍藏，名为"四菩萨阁"。

净因院①画记

　　余尝论画，以为人禽宫室器用皆有常形②。至于山石竹木，水波烟云，虽无常形，而有常理③。常形之失，人皆知之。常理之不当，虽晓画者有不知。故凡可以欺世而取名者，必托于无常形者也。虽然，常形之失，止于所失，而不能病其全，若常理之不当，则举废之矣。以其形之无常，是以其理不可不谨也。世之工人④，或能曲尽其形，而至于其理，非高人逸才不能辨。

　　与可⑤之于竹石枯木，真可谓得其理者矣。如是而生，如是而死，如是而挛拳瘠蹙⑥，如是而条达畅茂，根茎节叶，牙角脉缕，千变万化，未始相袭，而各当其处。合于天造，厌⑦于人意。盖达士之所寓也欤？

　　昔岁尝画两丛竹于净因之方丈⑧，其后出守陵阳而西⑨也，余与之偕别长老道臻师，又画两竹梢、一枯木于其东斋。臻师方治四壁于法堂⑩，而请于与可，与可既许之矣，故余并为记之。必有明于理而深观之者，然后知余言之不妄。熙宁三年端阳月八日，眉山苏轼于净因方丈书。

【注释】

①净因院：北宋著名寺庙，位于汴京（今河南开封）。《汴京遗迹志》记载："净因院在金梁桥西，汴河之南。"

②常形：固定的体制、形状。

③常理：固有的规律或结构。

④工人：这里指画工。

⑤与可：即文同（1018～1079），字与可，自号笑笑先生，人称石室先生，又称文湖州，梓州永泰（今四川盐亭东）人，北宋画家，擅画墨竹，主张画竹必先"胸有成竹"。

⑥挛（luán）拳瘠蹙（cù）：意思是枝干蜷曲枯瘦。挛，手脚蜷曲不能伸开。拳，肢体弯曲。瘠，瘦弱。蹙，皱、收缩。

⑦厌：满足。

⑧方丈：佛寺或道观中住持住的房间，因住持的居室四方各为一丈，故名。也指佛寺或道观的住持。

⑨出守陵阳而西：因为要到陵州任太守而向西行。陵阳，指陵州（治今四川仁寿）。

⑩法堂：演说佛法的场所。

【赏读】

本文作于宋神宗熙宁三年（1070），当时文与可将要出守陵阳，苏轼和他去告别净因院长老。文与可因此作竹石枯木画，苏轼则有感而记。文章虽题为"记"，但内容却是对绘画理论的阐释，这也是苏轼最具代表性的画论之一。该文以书法作品的形式流传至今，现保存在天津艺术博物馆。

据记载，熙宁初年，文与可曾经每天到汴京西城拜访苏轼。他在《往年寄子平》中回忆说："虽然对坐两寂寞，亦有大笑时相轰。顾子心力苦未老，犹弄故态如狂生。书窗画壁恣掀倒，脱帽褫带随纵横。喧呶歌诗叫文字，荡突不管邻人惊。"

文与可曾三次为开封净因院作壁画，苏轼本文一并为之作记。但全文中直接记画的只有"昔岁尝画两丛竹于净因之方丈"之后数语，前面大段笔墨则陈述自己对绘画的见解，概评文与可画竹石枯木"合于天造，厌于人意"。作者的构思因小及大，由文与可的净因院壁画到文与可画技再到自己对绘画的见解；而运笔行文则由大及小，意脉自然顺承。先述己见，将绘画对象分为"有常形"和"虽无常形，而有常理"两类，指出常形易知，一般画工便能曲尽其形，而常理则难合，"非高人逸才不能辨"。其中"常理"之说即为下文评文与可的竹石枯木而得其理作铺垫；而概评文与可画技也就是对净因院壁画的评赏，"必有明于理而深观之者，然后知余言之不妄"一语即已点明。全文融记于议，"形""理"对举而以"常理"之说贯穿始终，结构严整。

墨宝堂记

　　世人之所共嗜者，美饮食，华衣服，好声色而已。有人焉，自以为高而笑之，弹琴弈棋，蓄古法书图画，客至，出而夸观之，自以为至矣。则又有笑之者曰：古之人所以自表见于后世者，以有言语文章也，是恶足好？而豪杰之士，又相与笑之，以为士当以功名闻于世，若乃施之空言，而不见于行事，此不得已者之所为也。而其所谓功名者，自知效一官，等而上之①，至于伊、吕、稷、契②之所营，刘、项、汤、武③之所争，极矣。而或者犹未免乎笑，曰：是区区者曾何足言，而许由④辞之以为难，孔丘知之以为博。由此言之，世之相笑，岂有既乎？

　　士方志于其所欲得，虽小物，有弃躯忘亲而驰之者。故有好书⑤而不得其法，则椎心呕血几死而仅存，至于剖冢斫棺而求之。是岂有声色臭味足以移人哉！方其乐之也，虽其口不能自言，而况他人乎！人特以己之不好，笑人之好，则过矣。

毗陵⑥人张君希元，家世好书，所蓄古今人遗迹至多，尽刻诸石，筑室而藏之，属余为记。余蜀人也。蜀之谚曰："学书者纸费，学医者人费。"此言虽小，可以喻大。世有好功名者，以其未试之学，而骤出之于政，其费人岂特医者之比乎？今张君以兼人之能，而位不称其才，优游终岁，无所役其心智，则以书自娱。然以余观之，君岂久闲者，蓄极而通，必将大发之于政。君知政之费人也甚于医，则愿以余之所言者为鉴。

【注释】

①等而上之：从此一级一级向上推。

②伊、吕、稷、契：伊，即伊尹，商初大臣，助汤王灭夏桀。吕，即吕尚，周武王谋士，助武王灭商纣。稷，即后稷，周族始祖。契，商族始祖。

③刘、项、汤、武：刘，即刘邦。项，即项羽。汤，即商汤王。武，即周武王。

④许由：上古时人，相传尧要把君位让给他，他辞而不就，逃至箕山躬耕而食。

⑤好（hào）书：爱好书法。

⑥毗陵：今江苏常州。

【赏读】

本文是苏轼在熙宁五年（1072）任杭州通判时，应张希元的邀请所作。标题也作《张君墨宝堂记》。

开篇提出"世人之所共嗜者，美饮食，华衣服，好声色而已"，是说美食、华服、声色这些是人们普遍的爱好，然而不同的人又有不同的爱好。"人特以己之不好，笑人之好，则过矣"，不管人们喜欢什么，都有可能遭受别人的嘲笑。在这样的情况下，苏轼认为，只要是高雅高尚的喜好都对培养人的身心有利。而一些爱好功名的人，他们用没有经过实践的学问谋取官职之后，骤然用在政事上祸害了百姓，这比"学书者纸费，学医者人费"的情况要严重得多。像张希元这样以书自娱的人，前程必定远大。

邵茂诚^①诗集叙

　　贵、贱、寿、夭，天也。贤者必贵，仁者必寿，人之所欲也。人之所欲，适与天相值，实难。譬如匠庆之山而得成镰^②，岂可常也哉！因其适相值，而责之以常，然此人之所以多怨而不通也。至于文人，其穷也固宜。劳心以耗神，盛气以忤^③物，未老而衰病，无恶而得罪，鲜不以文者。天人之相值既难，而人又自贼如此，虽欲不困，得乎？

　　茂诚讳迎，姓邵氏，与余同年登进士第。十有五年，而见之于吴兴孙莘老之座上，出其诗数百篇，余读之弥月不厌。其文清和妙丽，如晋、宋间人。而诗尤可爱，咀嚼有味，杂以江左^④唐人之风。其为人笃学强记，恭俭孝友，而贯穿法律，敏于吏事。其状若不胜衣，语言气息仅属^⑤。余固哀其任众难以瘁其身，且疑其将病也。逾年而茂诚卒。又明年，余过高邮，则其丧在焉。入哭之，败帏瓦灯，尘埃萧然，为之出涕太息。夫原宪之贫，颜回之短命^⑥，扬雄^⑦之无子，冯衍⑧之不遇，皇甫士安⑨之笃疾，彼遇其一而人哀之至今，而茂诚兼之，岂非命也哉？余是以录其文，哀而不怨，亦茂诚之意也。

【注释】

①邵茂诚：邵迎，字茂诚，高邮（今江苏高邮）人，宋仁宗嘉祐二年（1057）进士。

②匠庆之山而得成鐻（jù）：典出《庄子·达生》："梓庆削木为鐻，鐻成，见者惊犹鬼神。"庆，梓庆，春秋鲁国有名的工匠。之，前往、到。鐻，古代一种像钟的乐器。

③忤（wǔ）：不顺从，背犯，违反。

④江左：古代指长江下游以东的地方，即今江苏省南部等地。南朝宋、齐、梁、陈的统治都在长江东部地区，故称南朝为江左。

⑤语言气息仅属：说话断断续续，上气不接下气。属，连接。

⑥原宪：又称子思，春秋鲁人，孔子弟子，出身贫寒，生活清苦。颜回：孔子弟子，以安贫乐道著称，只活了三十一岁。

⑦扬雄：字子云，蜀郡成都（今四川成都）人。西汉著名思想家、文学家。《汉书·扬雄传》："自季至雄，

五世而传一子，故雄亡它扬于蜀。"

⑧冯衍：字敬通，东汉京兆杜陵（今陕西西安东南）人，工辞赋，能文章，但不被赏识，一生潦倒。

⑨皇甫士安：即皇甫谧，字士安，号玄晏先生，朝那（今甘肃平凉）人，魏晋间名儒。二十余岁即致力于学问，有志著述，屡征不就，中年患风痹，不能行动，但手不释卷。

【赏读】

本文作于熙宁七年（1074），当时苏轼知密州，此叙前半部分表达了"文人固穷"的思想，后半部分则结合邵茂诚的身世，谈了"穷而后工"。

所谓"穷"，是指处境恶劣，对于文人而言，这是非常普遍的事情。具体来说，邵茂诚与苏轼是同年进士，虽然品行端方、才学卓越，但却命途多舛，身后萧然。茂诚之"穷"，是集原宪、颜回、冯衍、皇甫谧于一身。究其原因，却又归于"无恶而得罪，鲜不以文者"二句。

然而何止茂诚，天下文人多因文章劳心费神，却又因文而得罪，苏轼又何尝不是如此。为亡友身故后的"败帏瓦灯，尘埃萧然"而哭而泣，也是对自身的失意、对古往今来文人遭遇的感叹。由此来阐释"诗穷而后工"的理论，可与欧阳修《梅圣俞诗集序》对读："予闻世谓诗人少达而多穷，夫岂然哉？盖世所传诗者，多出于古穷人之辞也。凡士之蕴其所有而不得施于世者，多喜自放于山巅水涯，外见虫鱼草木风云鸟兽之状类，往往探其奇怪，内有忧思感愤之郁积，其兴于怨刺，以道羁臣寡妇之所叹，而写人情之难言，盖愈穷而愈工。然则非诗之能穷人，殆穷者而后工也。"

钱塘勤上人①诗集叙

　　昔翟公②罢廷尉③，宾客无一人至者。其后复用，宾客欲往。翟公大书其门曰："一死一生，乃知交情。一贫一富，乃知交态。一贵一贱，交情乃见。"世以为口实。然余尝薄其为人，以为客则陋矣，而公之所以待客者，独不为小哉？

　　故太子少师④欧阳公，好士为天下第一。士有一言中于道，不远千里而求之，甚于士之求公。以故尽致天下豪俊，自庸众人以显于世者固多矣。然士之负公者亦时有⑤。盖尝慨然太息，以人之难知，为好士者之戒。意公之于士，自是少倦。而其退老于颍水⑥之上，余往见之，则犹论士之贤者，唯恐其不闻于世也，至于负己者，则曰是罪在我，非其过。翟公之客负之于死生贵贱之间，而公之士叛公于瞬息俄顷之际。翟公罪客，而公罪己，与士益厚，贤于古人远矣。

　　公不喜佛老⑦，其徒有治诗书学仁义之说者，必引而进之。佛者惠勤，从公游三十余年，公常称之为聪明才智有学问者，尤长于诗。公薨于汝阴⑧，余哭之于其室。其后见之，语及于公，未尝不涕泣也。勤固无求于世，而公又非有德于勤者，其所以涕泣不忘，岂为利也哉。余然后益知勤之贤。使其得列于士大夫之间，而从事于功名，其不负公也审⑨矣。熙宁七年，余自钱塘将赴高密，勤出其诗若干篇，求余文以传于世。余以为诗非待文而传者也，若其为人之大略，则非斯文莫之传也。

【注释】

①勤上人：即惠勤，余杭（今浙江杭州）人，是苏轼的方外朋友。上人，对僧人的尊称。

②翟公：西汉人，为廷尉时宾客盈门，得罪去官后则门可罗雀。《史记·汲郑列传》："夫以汲、郑之贤，有势则宾客十倍，无势则否，况众人乎！下邽翟公有言，始翟公为廷尉，宾客阗门；及废，门外可设雀罗。翟公复为廷尉，宾客欲往，翟公乃大署其门曰：'一死一生，乃知交情。一贫一富，乃知交态。一贵一贱，交情乃见。'"

③廷尉：官名，亦称廷尉卿，战国秦始置，汉为九卿之一，为中央最高司法审判机构长官。

④太子少师：欧阳修在宋神宗熙宁四年（1071）以

太子少师致仕，死后追赠太子太师。

⑤"然士"句：欧阳修《亳州谢上表》自述："未
干荐祢之墨，已弯射羿之弓。"可见当时背弃欧阳修的大
有人在。荐祢，孔融荐祢衡故事。射羿，羿之弟子逢蒙
射羿故事。

⑥颍水：淮河支流，在今安徽西北部与河南东部。
欧阳修晚年定居颍州。

⑦佛老：佛教和道教。因为佛教由释迦牟尼佛创立，
而道教尊老子为教主，所以用佛老来代表佛教和道教。

⑧公薨（hōng）于汝阴：欧阳修于熙宁五年（1072）
在汝阴去世。汝阴，今安徽阜阳。

⑨审：的确，果然。

【赏读】

本文作于宋神宗熙宁七年（1074），当时苏轼正要离
开杭州赴密州知州任，僧人惠勤请他为其诗集作序。

文章本是为惠勤诗集作序，然而大部分篇幅却在写
欧阳修仁厚待人之道。孙琮《山晓阁选宋大家苏东坡全
集》曰："序上人诗集，从翟公书门引起，真觉突如。不
知说翟公乃以起欧公，说欧公因以入上人。上人见称于
欧公，抬得欧公高，则上人地位自高。"

苏轼在《东坡志林》中云："始余未识欧公，则已见

其诗矣。其后屡见公,得勤之为人。然犹未识勤也。熙宁辛亥,……到官不及月,以腊日见勤于孤山下,则余诗所谓'孤山孤绝谁肯庐,道人有道心不孤'者也。其明年闰七月,公薨于汝阴,而勤亦退老于孤山下,不复出游矣。"苏轼由自己十分推崇的欧阳修认识惠勤,信其为人,又由惠勤"语及于公,未尝不涕泣"见其情深义重,为其诗集作序,也就在情理之中了。

明茅坤曾评论该文曰:"勤上人之诗必不足传,而长公却于欧公之交上,作一烟波议论。"可见此文谋篇布局之奇,出人意表。

李氏①山房藏书记

　　象犀②珠玉怪珍之物，有悦于人之耳目，而不适于用。金石草木丝麻五谷六材③，有适于用，而用之则弊，取之则竭。悦于人之耳目而适于用，用之而不弊，取之而不竭，贤不肖之所得，各因其才，仁智之所见，各随其分，才分不同，而求无不获者，惟书乎！

　　自孔子圣人，其学必始于观书。当是时，惟周之柱下史老聃④为多书。韩宣子适鲁，然后见《易象》与《鲁春秋》⑤。季札⑥聘⑦于上国⑧，然后得闻《诗》之风、雅、颂。而楚独有左史⑨倚相⑩，能读《三坟》《五典》《八索》《九丘》⑪。士之生于是时，得见《六经》⑫者盖无几，其学可谓难矣。而皆习于礼乐，深于道德，非后世君子所及。自秦、汉以来，作者益众，纸与字画日趋于简便，而书益多，世莫不有，然学者益以苟简⑬，何哉？余犹及见老儒先生，自言其少时，欲求《史记》《汉书》而不可得，幸而得之，皆手自书，日夜诵读，惟恐不及。近岁市人转相摹刻诸子百家之书，日传万纸，学者之于书，多且易致如此，其文词学术，当倍蓰⑭于昔人，而后生科举之士，皆束书不观，游谈无根，此又何也？

余友李公择，少时读书于庐山五老峰下白石庵之僧舍。公择既去，而山中之人思之，指其所居为李氏山房。藏书凡九千余卷。公择既已涉其流，探其源，采剥其华实，而咀嚼其膏味，以为己有，发于文词，见于行事，以闻名于当世矣。而书固自如也，未尝少损。将以遗来者，供其无穷之求，而各足其才分之所当得。是以不藏于家，而藏于其故所居之僧舍，此仁者之心也。

余既衰且病，无所用于世，惟得数年之闲，尽读其所未见之书，而庐山固所愿游而不得者，盖将老焉。尽发公择之藏，拾其余弃以自补，庶有益乎？而公择求余文以为记，乃为一言，使来者知昔之君子见书之难，而今之学者有书而不读为可惜也。

【注释】

①李氏：指李常，字公择，建昌（今江西南城）人。

②象犀：象牙和犀牛角。

③六材：指制弓的干、角、筋、胶、丝、漆六种材料，此处泛指各种材料。

④柱下史老聃（dān）：老子，姓李名耳，谥聃，曾为周王室掌管藏书，道家学派创始人，有《道德经》。柱下史，周时官名，即汉以后的御史，因为其常侍立殿柱之下，故名。相传老子曾为周柱下史。

⑤"韩宣子"二句：据《左传·昭公二年》记载，韩宣子到鲁国行朝聘礼，见到《易象》与《鲁春秋》，赞叹道："周礼尽在鲁矣，吾乃今知周公之德与周之所以王也。"韩宣子，名起，当时晋国的六卿之一。

⑥季札：春秋时吴国人，吴王寿梦第四子，封于延陵，称延陵季子。据《左传·襄公二十九年》记载，吴国公子季札出访鲁国，鲁国乐工为之歌，他能听出国运的兴衰。

⑦聘：访问，出访，指诸侯与天子之间或古代诸侯之间派使节问候。

⑧上国：春秋时称中原各诸侯国为上国，与吴、楚诸国相对而言，这里指鲁国。

⑨左史：官名，周朝始设，为太史之别称，与右史相对应。左史掌记事，书国史；右史掌记言。

⑩倚相：春秋时楚国史官，学识渊博。据《左传·昭公十二年》记载，楚灵王曾对大臣子革赞扬倚相说"是良史也，子善视之，是能读《三坟》《五典》《八索》《九丘》"。

⑪《三坟》《五典》《八索》《九丘》：均为上古时代的文献，久已失传。《三坟》，传说中我国最古的书籍。《五典》，传说中的五部上古典籍。《尚书序》："少昊、颛顼、高辛、唐、虞之书，谓之五典。"《八索》，古书名，后代多指称古代典籍或八卦。《九丘》，《尚书序》："九州之志，谓之《九丘》。"

⑫《六经》：指《诗》《书》《礼》《乐》《易》《春秋》。

⑬苟简：苟且简略，草率而简略。

⑭倍蓰（xǐ）：数倍。蓰，五倍。

【赏读】

此文是苏轼熙宁九年（1076）任密州知州时应李公择之约为其藏书房所写的记文。李公择年轻时曾在庐山读书，后来把他的全部藏书藏于庐山寺庙里，以便于后学阅读。这种有益于社会的无私品质，今人看来也觉得颇为感动。但在本文中苏轼另辟蹊径，着重讨论的却是古代求书之难，批评当时科举之士有书不观的坏风气，颂扬了李公择关心后学的可贵，因此也是一篇别致的劝学文。

"自孔子圣人，其学必始于观书。"作者通过讲述自己所听到的老儒先生讲求书难和学习刻苦的事——"欲求《史记》《汉书》而不可得",即使是常见书也不能轻易得到,说明自己也因此刻苦学习——"皆手自书,日夜诵读,惟恐不及"。书愈易得而愈不能读,古今皆然。但不是因为书的容易获得,导致了人们的不读书,而是因为人们读书的功利性太强了。因此感慨眼下书越来越多,求书也变得越来越容易的时候,"后生科举之士"却"束书不观,游谈无根"。今天又何尝不是如此呢?

宝绘堂①记

君子可以寓意于物②，而不可以留意于物③。寓意于物，虽微物足以为乐，虽尤物④不足以为病⑤。留意于物，虽微物足以为病，虽尤物不足以为乐。老子曰："五色令人目盲，五音令人耳聋，五味令人口爽，驰骋田猎令人心发狂。"然圣人未尝废此四者，亦聊以寓意焉耳。刘备之雄才也，而好结髦⑥。嵇康之达也，而好锻炼⑦。阮孚⑧之放也，而好蜡屐⑨。此岂有声色臭味也哉，而乐之终身不厌。

凡物之可喜，足以悦人而不足以移人⑩者，莫若书与画。然至其留意而不释⑪，则其祸有不可胜言者。钟繇⑫至以此呕血发冢⑬，宋孝武、王僧虔至以此相忌⑭，桓玄之走舸⑮，王涯之复壁⑯，皆以儿戏害其国，凶其身。此留意之祸也。

始吾少时，尝好此二者，家之所有，惟恐其失之，人之所有，惟恐其不吾予也。既而自笑曰：吾薄富贵而厚于书，轻死生而重于画，岂不颠倒错缪失其本心也哉？自是不复好。见可喜者虽时复蓄之，然为人取去，亦不复惜也。譬之烟云之过眼，百鸟之感耳，岂不欣然接之，然去而不复念也。于是乎二物者常为吾乐而不能为吾病。

驸马都尉王君晋卿⑰虽在戚里⑱，而其被服礼义，学问诗书，常与寒士角。平居攘去膏粱，屏远声色，而从事于书画，作宝绘堂于私第之东，以蓄其所有，而求文以为记。恐其不幸而类吾少时之所好，故以是告之，庶几全其乐而远其病也。

熙宁十年七月二十二日记。

【注释】

①宝绘堂：北宋英宗时驸马都尉王诜所建，用以存放所藏书画。

②寓意于物：指欣赏美好的事物，通过事物来寄托自己的意趣。

③留意于物：耽溺、过分看重外物，不可自拔。

④尤物：珍异之物，又指绝色美女，含有贬义。

⑤病：担忧，与"虽微物足以为乐"的"乐"字相对。

⑥结氂（máo）：用毛编结饰物。《三国志·蜀书》裴松之注引《魏略》曰："（刘）备性好结氂，时适有人

以氂牛尾与备者，备因手自结之。（诸葛）亮乃进曰：'明将军当复有远志，但结氂而已邪！'备知亮非常人也，乃投氂而答曰：'是何言与？我聊以忘忧耳。'"

⑦锻炼：锻造，冶炼。《晋书·嵇康传》："（嵇康）性绝巧而好锻。宅中有一柳树甚茂，乃激水圜之，每夏月，居其下以锻。"

⑧阮孚：字遥集，阮咸之子，东晋陈留尉氏人，元帝时为黄门侍郎。阮孚放纵不羁，喜爱制作木屐。

⑨蜡屐：制作鞋子，给木鞋打蜡。

⑩移人：改变人的精神情态等。

⑪释：放弃，舍弃。这里指过分沉溺而不能自拔。

⑫钟繇：字元常，三国魏著名书法家，尤长于正、隶。

⑬呕血发冢：据宋代陈思《书苑菁华》载：钟繇于韦诞处见到蔡邕《笔法》，"自捶胸三日，其胸尽青，因呕血。太祖以五灵丹救之，乃活。繇苦求不与。及诞死，繇阴令人盗开其墓，遂得之"。

⑭"宋孝武"句：宋孝武，即南朝宋孝武帝刘骏。王僧虔，南朝宋书法家，工隶书，晋王羲之四世族孙。《南齐书·王僧虔传》："孝武欲擅书名，僧虔不敢显迹，大明世，常用掘笔书，以此见容。"

⑮"桓玄"句：东晋桓玄酷爱法书名画，在元兴间

篡晋安帝司马德宗皇位时，将内府所藏书画尽掠为己有。据《晋书·桓玄传》记载，元兴二年（403），桓玄自请率军北伐后秦，整理行装时，"先使作轻舸，载服玩及书画等物"，认为"书画、服玩既宜恒在左右，且兵凶战危，脱有不意，当使轻而易运"。桓玄，字敬道，一名灵宝。东晋将领、权臣，世称"桓南郡"。

⑯"王涯"句：据《旧唐书·王涯传》载：王涯极喜书画，"前代法书名画，人所保惜者，以厚货致之；不受货者，即以官爵致之。厚为垣，窍而藏之复壁"。甘露之祸时，其书画尽被人破壁取去。王涯，字广津，唐朝大臣、诗人。复壁，夹墙。

⑰王君晋卿：即北宋画家王诜，字晋卿，太原（今山西太原）人，后徙居开封，娶英宗女蜀国大长公主，官驸马都尉，为利州防御使。能书，善文，尤精山水画。

⑱戚里：帝王外戚所居住的地方，此处指王诜贵为皇亲国戚。

【赏读】

王诜是苏轼的挚友，非常喜欢苏轼的诗文。他也喜欢历代书画，便建了一座宝绘堂用以收藏书画珍品，请苏轼为之作记。黄震曾评论："《宝绘堂记》，论古之嗜书画有害其国、凶其身者。君子可寓意于物，而不可留意于物，譬之烟云之过眼，百鸟之感耳，岂不欣然接之，去而不复念也。"

　　人和物的关系，是古代先贤一直讨论的一个话题，庄子主张"不以物挫志""不以物害己"。本文中苏轼以书画为例，从"寓意"与"留意"这两个角度加以探讨，认为虽微贱之物亦能给人带来快乐，而沉溺于物，虽微贱之物，亦能害己。自己幼时，曾经也极其喜爱书画：自己家里面有的，唯恐丢了；别人有的，就很担心别人不赠送给自己。长此以往终于明白，像自己这样把书看得比富贵还重要，把画看得比生死还重要，岂不是也是失去了爱书画的本心吗？

　　文章主旨鲜明，引经据典，又善于现身说法，极具说服力。唐顺之称："《墨宝堂》与此二篇，皆小题从大处起议论，有箴规之意焉。"（《苏文忠公文钞》）

文与可^①画筼筜谷^②偃竹^③记

竹之始生，一寸之萌耳，而节叶具焉。自蜩腹蛇蚹^④以至于剑拔十寻^⑤者，生而有之也。今画者乃节节而为之，叶叶而累之，岂复有竹乎！故画竹必先得成竹于胸中，执笔熟视，乃见其所欲画者，急起从之，振笔直遂，以追其所见，如兔起鹘落，少纵则逝矣。与可之教予如此。予不能然也，而心识其所以然。夫既心识其所以然而不能然者，内外不一，心手不相应，不学之过也。故凡有见于中而操之不熟者，平居自视了然，而临事忽焉丧之，岂独竹乎！子由为《墨竹赋》以遗与可曰："庖丁^⑥，解牛者也，而养生者取之。轮扁^⑦，斫轮者也，而读书者与之。今夫夫子之托于斯竹也，而予以为有道者，则非耶？"子由未尝画也，故得其意而已。若予者，岂独得其意，并得其法。

与可画竹，初不自贵重，四方之人持缣素^⑧而请者，足相蹑于其门。与可厌之，投诸地而骂曰："吾将以为袜材。"士大夫传之，以为口实。及与可自洋州

文与可[1]画筼筜谷[2]偃竹[3]记

竹之始生，一寸之萌耳，而节叶具焉。自蜩腹蛇蚹[4]以至于剑拔十寻[5]者，生而有之也。今画者乃节节而为之，叶叶而累之，岂复有竹乎！故画竹必先得成竹于胸中，执笔熟视，乃见其所欲画者，急起从之，振笔直遂，以追其所见，如兔起鹘落，少纵则逝矣。与可之教予如此。予不能然也，而心识其所以然。夫既心识其所以然而不能然者，内外不一，心手不相应，不学之过也。故凡有见于中而操之不熟者，平居自视了然，而临事忽焉丧之，岂独竹乎！子由为《墨竹赋》以遗与可曰："庖丁[6]，解牛者也，而养生者取之。轮扁[7]，斫轮者也，而读书者与之。今夫夫子之托于斯竹也，而予以为有道者，则非耶？"子由未尝画也，故得其意而已。若予者，岂独得其意，并得其法。

与可画竹，初不自贵重，四方之人持缣素[8]而请者，足相蹑于其门。与可厌之，投诸地而骂曰："吾将以为袜材。"士大夫传之，以为口实。及与可自洋州

还，而余为徐州。与可以书遗余曰："近语士大夫，吾墨竹一派，近在彭城，可往求之。袜材当萃于子矣。"书尾复写一诗，其略曰："拟将一段鹅溪绢⑨，扫取寒梢⑩万尺长。"予谓与可，竹长万尺，当用绢二百五十匹，知公倦于笔砚，愿得此绢而已。与可无以答，则曰："吾言妄矣，世岂有万尺竹也哉？"余因而实之，答其诗曰："世间亦有千寻竹，月落庭空影许长。"与可笑曰："苏子辩则辩矣，然二百五十匹，吾将买田而归老焉。"因以所画《筼筜谷偃竹》遗予，曰："此竹数尺耳，而有万尺之势。"筼筜谷在洋州，与可尝令予作《洋州三十咏》⑪，筼筜谷其一也。予诗云："汉川修竹贱如蓬，斤斧何曾赦箨龙⑫。料得清贫馋太守，渭滨千亩在胸中。"与可是日与其妻游谷中，烧笋晚食，发函得诗，失笑喷饭满案。

元丰二年正月二十日，与可没于陈州⑬。是岁七月七日，予在湖州曝书画，见此竹，废卷而哭失声。昔曹孟德《祭桥公文》，有"车过""腹痛"之语⑭，而予亦载与可畴昔戏笑之言者，以见与可于予亲厚无间如此也。

【注释】

①文与可：名同，字与可，梓州永泰（今四川盐亭

东）人，北宋著名画家，擅长画竹。

②筼筜（yún dāng）谷：宋代洋州（今陕西洋县西北）的一道山谷，谷中多产竿粗节长的竹子，称筼筜竹。文与可知洋州时，曾在谷中筑披云亭，经常往游其间。

③偃竹：仰面斜着生长的竹子。

④蜩（tiáo）蝮蛇蚹（fù）：形容竹子初生时的状态。蜩，古书上指蝉。蚹，蛇腹下代替足爬行的横鳞。

⑤寻：古代的长度单位，一寻等于八尺。

⑥庖丁：厨师，因《庖丁解牛》引申为宰牛的人。

⑦轮扁：春秋时齐国有名的造车工人，善作轮，后指技艺精湛的名匠。

⑧缣素：供书画用的白绢。颜色微黄的绢称为缣，洁白的称素。

⑨鹅溪绢：产于今四川盐亭县鹅溪镇的绢帛。唐代为贡品，宋人尤重之。

⑩寒梢：指竹子，因竹耐寒，有此称。

⑪《洋州三十咏》：熙宁九年（1076）苏轼作于密州，原题为《和文与可洋州园池三十首》。

⑫箨（tuò）龙：指竹笋。

⑬陈州：治在今河南淮阳。

⑭"昔曹孟德"二句：曹操年轻时，任侠放荡，不修品行，不受时人看好。桥玄却很器重他，曹操因此认

为桥玄是他的知己。桥玄死后，曹操有次行军经过桥玄的故乡睢阳，遣使祭桥玄，并作《祀故太尉桥玄文》，文中说："又承从容约誓之言：'殂逝之后，路有经由，不以斗酒只鸡过相沃酹，车过三步，腹痛勿怪。'虽临时戏笑之言，非至亲之笃好，胡肯为此辞哉？怀旧惟顾，念之凄怆。"作者以此语抒发对逝者的思念之情。

【赏读】

　　本文是苏轼怀念良师益友文同的一篇记人散文，同时也是一篇文艺随笔。当时文同已经去世半载，苏轼在晒书画时见到文同所作的《筼筜谷偃竹》画卷，睹物思人，掩卷痛哭，因此写下这篇忆旧伤怀的题画记。

　　"东坡的知心朋友中有两位以书画著称的人士，一是文同，他比东坡年长十八岁，二是米芾，他比东坡年轻十四岁。"（莫砺锋《漫话东坡》）因为苏轼所作的《和文与可洋州园池三十首》《祭文与可文》以及《黄州再祭文与可文》中均署为"从表弟苏轼上"，以至于后人传说二人是表兄弟的关系，孔凡礼认为"'从表弟'云云不过极言其亲近，非同一般"而已。

　　苏轼认为文同的诗第一，楚辞二，草书三，画四。虽然文同认为这是知己者言，但是二人相交的十六年中，谈得最多的似乎仍是画，尤其是文同的墨竹。苏轼结合自己所见的画竹，由"节节而为之，叶叶而累之"的生加硬累的画法，引出文与可"胸有成竹""心手相应"的画竹理论，以及其对自己和苏辙不同的影响和启迪。相较于这一文艺性的评论，中间的叙事部分则更为有趣。

文同的墨竹，起初并不为世人所重，后来由于苏轼的推崇，名扬四海，以至于四方之人持白绢来求画，文同不堪其累，愤怒中将这些绢匹扔在地上，甚至气冲冲地要用来做袜子。并给当时还在徐州的苏轼写信："近语士大夫，吾墨竹一派，近在彭城，可往求之。袜材当萃于子矣。"信末更是写诗道："拟将一段鹅溪绢，扫取寒梢万尺长。"二人由此展开了颇为有趣的诗歌唱答。文同在洋州为官时，常年在此地的筼筜谷中观察竹子，看它们在四时中姿态的变化、一日中光线移动下的绰约，也因此对竹子的描摹能够达到"成竹于胸中"的程度。一番酬唱下来，文与可将自己精心画就的筼筜谷有"万尺之势"的竹赠给苏轼。这幅《筼筜谷偃竹》也就成了苏轼写这篇文章的由头。

据《三国志·魏书·武帝纪》的记载，曹操曾在《祀故太尉桥玄文》中回忆他与桥玄"车过三步，腹痛勿怪"的誓约，并说如此戏笑之言"非至亲之笃好，胡肯为此辞哉"。苏轼看着文与可的墨竹，想起了旧时的那些谈诗论画的惬意时光，看似戏笔，却也正是至亲之言。

文章以竹串起全文，即先写其画竹理论的影响和启迪，继写其画偃竹的过程和交往，最后点明怀人之旨，融画理、叙事、抒情为一体，再现了昔日的亲密情谊和如今睹物思人的悲痛。

文与可飞白①赞

　　呜呼哀哉！与可岂其多好好奇也欤，抑其不试②，故艺也。始余见其诗与文，又得见其行草篆隶也，以为止此矣。既没一年，而复见其飞白。美哉多乎，其尽万物之态也。霏霏乎其若轻云之蔽月，翻翻乎其若长风之卷斾③也。猗猗乎其若游丝之萦柳絮，袅袅乎其若流水之舞荇④带也。离离⑤乎其远而相属，缩缩⑥乎其近而不隘⑦也。其工至于如此，而余乃今知之。则余之知与可者固无几，而其所不知者盖不可胜计也。呜呼哀哉！

【注释】

　　①飞白：飞白书的简称，是一种书法字体，笔势飞举，笔画中有空白无墨之处，丝丝露白，有如枯笔写成的模样。相传为东汉蔡邕看见工匠在修饰鸿都门时用刷粉的帚写字，受到启发所创。

　　②不试：指不为世所用。《论语·子罕》："牢曰：

'子云：吾不试，故艺。'"

③旆（pèi）：旗帜的通称。

④荇（xìng）：指荇菜，多年生草本植物，叶略呈圆形，浮在水面。

⑤离离：若断若续的样子。

⑥缩缩：收敛、缩藏的样子。

⑦隘：狭窄，此处指紧挨在一起。

【赏读】

苏轼"四日至陈州，吊文同之丧，抚视诸孤。止于其家以待子由，始见文同飞白书，作赞"。王文诰案："文与可以上年正月没于陈州，犹未及期，故其文如挽词也。"可知本文作于文与可去世一年后，苏轼发现了文与可飞白的高超艺术造诣。飞白是书法艺术的一种，特点是笔画露白，似枯笔写就。本文用多种手法形象地描绘出文与可飞白的特点。全文极尽比喻之能事，表现出了苏轼过人的才华。他之所以能够写得如此精妙，正是因为他本人也是一位精通书法的大家。

在赞文与可飞白之外，作者还概括了文与可的诗文造诣，及其书法兼擅行、草、篆、隶各体的成就。并以新发现的飞白为例，说明文与可是一位取得多方面成就的艺术家，他的作品恐怕还有很多不被人发现，不被世人所知。对文与可的英年早逝，表示了深切的惋惜痛悼之情。

我们要感激那些能够发现别人才华的人，正是有了他们的存在，才使那些被时光和形势遮掩的人的光芒展露出来。苏轼之所以被那么多人景仰，一个很重要的原因就在于他的识人之能，并且能够将他们推举出来，然后闻名于当时。这也是文人之间的惺惺相惜吧！

石氏画苑记

石康伯，字幼安，眉之眉山①人，故紫微舍人昌言②之幼子也。举进士不第，即弃去，当以荫得官，亦不就，读书作诗以自娱而已，不求人知。独好法书、名画、古器、异物，遇有所见，脱衣辍食求之，不问有无。居京师四十年，出入闾巷，未尝骑马。在稠人中，耳目谡谡然③，专求其所好。长七尺，黑而髯，如世所画道人剑客，而徒步尘埃中，若有所营，不知者以为异人也。又善滑稽，巧发微中④，旁人抵掌绝倒，而幼安淡然不变色。与人游，知其急难，甚于为己。有客于京师而病者，辄异置其家⑤，亲饮食之，死则棺敛之，无难色。凡识幼安者，皆知其如此。而余独深知之。幼安识虑甚远，独口不言耳。今年六十二，状貌如四十许人，须三尺，郁然⑥无一茎白者，此岂徒然者哉？为亳州⑦职官，与富郑公⑧俱得罪者，其子夷庚也。

其家书画数百轴，取其毫末杂碎者，以册编之，谓之《石氏画苑》。幼安与文与可游，如兄弟，故得其画为多。而余亦善画古木丛竹，因以遗之，使置之苑中。子由尝言："所贵于画者，为其似也。似犹可贵，况其真者？吾行都邑田野所见人物，皆吾画笥也。所不见者，独鬼神耳，当赖画而识，然人亦何用见鬼。"此言真有理。今幼安好画，乃其一病，无足录者，独著其为人之大略云尔。元丰三年十二月二十日，赵郡苏轼书。

【注释】

①眉之眉山：即眉州眉山县，即今四川眉山，也是苏轼的家乡。

②紫微舍人昌言：即石扬休，字昌言，累官中书舍人。紫微舍人，即中书舍人，唐开元元年（713）改中书省为紫微省，宋时制诰相当于此职。

③谡（sù）谡然：挺劲有力、挺拔的样子，这里形容专注。

④巧发微中：亦作巧发奇中，比喻善于伺机发言，而言谈巧妙且皆能切中事实。

⑤辄舁（yú）置其家：便用轿子抬病人安置在自己家里。舁，轿子。

⑥郁然：本指郁葱，树木等繁盛的样子。这里指须

发浓密。

⑦亳州：地名，今安徽亳州。

⑧富郑公：即富弼，字彦国，洛阳（今河南洛阳）人，宋代著名宰相，曾封郑国公，故称富郑公。熙宁二年（1069），拜同平章事，因反对王安石变法，称疾求退。

【赏读】

本文作于宋神宗元丰三年（1080）十二月二十日，是苏轼应石康伯之请而作的一篇序记。

石康伯出身眉州石氏，其父石扬休，累官刑部员外郎，迁工部郎中。眉山石氏为藏书世家，号"书台石家"，以藏古书画名重于时。宋怀素《自叙帖》世传有三，其中之一即为石扬休所藏。曾敏行《独醒杂志》载："（黄山谷）绍圣中，谪居涪陵，始见怀素《自叙》于石扬休家，因借之以归，摹临累日，几废寝食，自此顿悟草法，下笔飞动，与元祐以前所书大异……故山谷尝自谓得草法于涪陵。"

石康伯将家藏书画编为《石氏画苑》，苏轼为之记。本文名为序记，实际上是一篇人物小传。苏轼用寥寥数语将石康伯的形象描写得栩栩如生："长七尺，黑而髯，如世所画道人剑客，而徒步尘埃中，若有所营，不知者以为异人也。""今年六十二，状貌如四十许人，须三尺，郁然无一茎白者。"这样一个剑客一样的人致力于对画的努力搜求，对朋友则有侠肝义胆，是一个淡泊名利而富有烂漫之心的人。

书唐氏六家书后

永禅师①书，骨气深稳，体兼众妙，精能之至，反造疏淡。如观陶彭泽②诗，初若散缓不收，反复不已，乃识其奇趣。今法帖③中有云"不具，释智永白"者，误收在逸少④部中，然亦非禅师书也。云谨此代申⑤，此乃唐末五代流俗之语耳，而书亦不工。

欧阳率更⑥书，妍紧拔群，尤工于小楷，高丽遣使购其书，高祖叹曰："彼观其书，以为魁梧奇伟人也。"此非知书者。凡书象其为人。率更貌寒寝⑦，敏悟绝人，今观其书，劲险⑧刻厉，正称其貌耳。

褚河南⑨书，清远萧散，微杂隶体。古之论书者，兼论其平生，苟非其人，虽工不贵也。河南固忠臣，但有谮杀刘洎⑩一事，使人怏怏。然余尝考其实，恐刘洎末年褊忿，实有伊、霍之语，非谮也。若不然，马周明其无此语，太宗独诛洎而不问周，何哉？此殆天后朝许、李所诬，而史官不能辨也。

张长史⑪草书，颓然天放，略有点画处，而意态自足，号称神逸。今世称善草书者或不能真、行，此大妄也。真生行，行生草，真如立，行如行，草如走，未有未能行立而能走者也。今长安犹有长史真书《郎官石柱记》，作字简远，如晋、宋间人。

颜鲁公[12]书雄秀独出，一变古法，如杜子美诗，格力天纵，奄有汉、魏、晋、宋以来风流，后之作者，殆难复措手。

柳少师[13]书，本出于颜，而能自出新意，一字百金，非虚语也。其言心正则笔正者，非独讽谏，理固然也。世之小人，书字虽工，而其神情，终有睢盱侧媚之态[14]，不知人情随想而见，如韩子所谓窃斧者乎，抑真尔也？然至使人见其书而犹憎之，则其人可知矣。

余谪居黄州，唐林夫自湖口以书遗余，云："吾家有此六人书，子为我略评之而书其后。"林夫之书，过我远矣，而反求于予，何哉？此又未可晓也。元丰四年五月十一日，眉山苏轼书。

【注释】

①永禅师：即智永禅师，晋王羲之七世孙，会稽山阴（今浙江绍兴）人。著名书法家。

②陶彭泽：陶渊明，一名潜，字元亮，私谥靖节，浔阳柴桑（今江西九江西南）人，曾为江州祭酒、镇江

参军，后任彭泽令。东晋田园诗人，风格以清新淡远著称。

③法帖：指宋太宗时所编《淳化阁法帖》。

④逸少：王羲之，字逸少，琅邪临沂（今山东临沂）人，南迁至会稽山阴（今浙江绍兴），东晋书法家，世称"王右军"，有"书圣"之称。

⑤谨此代申：书信惯用语，意为谨以此信代替当面申述。

⑥欧阳率（lǜ）更：欧阳询，字信本，潭州临湘（今湖南长沙）人，唐代书法家。曾任太子率更令，故世称"欧阳率更"。其书法笔势刚劲，世称"欧体"。

⑦寒寝：猥琐丑陋。寝，面貌难看。

⑧险：通"崄"，高峻的样子。

⑨褚河南：即褚遂良，字登善，钱塘（今浙江杭州）人，唐朝政治家、书法家。曾受太宗遗诏辅政，高宗即位后封河南郡公，世称"褚河南"。《法书要录》："遂良隶、行入妙。"

⑩谮（zèn）杀刘洎：褚遂良诬陷刘洎，致其被杀。刘洎，唐太宗朝宰相，以直谏著称，贞观二十年（646），被赐死。关于刘洎的死因，史说纷纭，《旧唐书》《新唐书》都认为刘洎之死，是因褚遂良向唐太宗进谗言。司马光《资治通鉴》中认为忠良正直的褚遂良不会行诬告

之举，褚遂良谮杀刘洎的说法是许敬宗的诬陷。苏轼亦持同样的观点。谮，诬陷、中伤。

⑪张长史：张旭，字伯高，吴县（今江苏苏州）人，官至金吾长史。最擅草书，号称"张颠"。《书史会要》称其"善楷、隶，尤工草书"。

⑫颜鲁公：即颜真卿，字清臣，京兆万年（今陕西西安）人，官至太子太师，封鲁郡公，其书法端庄雄伟，世称"颜体"。

⑬柳少师：柳公权，字诚悬，京兆华原（今陕西铜川）人，官至太子少师，工书，楷书尤知名，与颜真卿并称"颜筋柳骨"。

⑭睢盱（suī xū）侧媚之态：讨好取悦，作出娇媚的姿态。

【赏读】

本文作于元丰四年（1081）五月，当时苏轼仍谪居黄州。经过"乌台诗案"之后，因言获罪的苏轼有意识地减少了诗文创作，而在词的写作以及书画上显然倾注了更多的时间和精力。

此文对智永、欧阳询、褚遂良、张旭、颜真卿和柳公权这六人的书法进行了全面的评价，从一个书法家的角度指出他们各自的特点，对研究书法艺术有着很高的参考价值，同时也是研究苏轼书法理论的重要材料。早在治平元年（1064），苏轼就在《次韵子由论书》一诗中提出了自己的书法理论，他称"吾虽不善书，晓书莫如我"。并在广泛学习众家的基础上，自成一家，故能称自己"我书意造本无法，点画信手烦推求。胡为议论独见假，只字片纸皆藏收。不减钟张君自足，下方罗赵我亦优。不须临池更苦学，完取绢素充衾裯"。正因为如此，苏轼的评论就摆脱了过往论者对前代书法家的崇拜，能够以平等的心态对他们进行评论。

王定国^①诗集叙

　　太史公^②论《诗》，以为"《国风》好色而不淫，《小雅》怨诽而不乱"。以余观之，是特识变风、变雅耳，乌睹《诗》之正乎？昔先王之泽衰，然后变风发乎情，虽衰而未竭，是以犹止于礼义，以为贤于无所止者而已。若夫发于性止于忠孝者，其诗岂可同日而语哉！古今诗人众矣，而杜子美为首，岂非以其流落饥寒，终身不用，而一饭未尝忘君也欤。

　　今定国以余故得罪，贬海上三年，一子死贬所，一子死于家，定国亦病几死。余意其怨我甚，不敢以书相闻。而定国归至江西，以其岭外所作诗数百首寄余，皆清平丰融，蔼然^③有治世之音，其言与志得道行者无异。幽忧愤叹之作，盖亦有之矣，特恐死岭外，而天子之恩不及报，以忝^④其父祖耳。孔子曰："不怨天，不尤人。"定国且不我怨，而肯怨天乎！余然后废卷而叹，自恨期人之浅也。

　　又念昔日定国遇余于彭城，留十日，往返作诗几百余篇，余苦其多，畏其敏，而服其工也。一日，定国与颜复长道⑤游泗水，登桓山，吹笛饮酒，乘月而归。余亦置酒黄楼上以待之，曰："李太白死，世无此乐三百年矣。"

今余老不复作诗，又以病止酒，闭门不出，门外数步即大江，经月不至江上，眊眊⑥焉真一老农夫也。而定国诗益工，饮酒不衰，所至翱翔徜徉，穷山水之胜，不以厄穷衰老改其度。今而后，余之所畏服于定国者，不独其诗也。

【注释】

①王定国：即王巩，号介庵，自号清虚先生，莘县（今山东莘县）人，北宋著名诗人、画家。出身于官宦世家，祖父为太尉王旦，父亲为工部尚书王素。王巩历官通判扬州，权知宿州，仕右朝奉郎。晚年徙居高邮（今江苏高邮）。有画才，长于诗。有《王定国诗集》《王定国文集》《清虚杂著补阙》等著作。

②太史公：即司马迁。

③蔼然：和气友善的样子。

④忝：辱，有愧于。常用作谦辞。

⑤颜复长道：颜复，字长道，彭城（今江苏徐州）人，是颜回第四十八世孙。熙宁中为国子监直讲，后因

反对新法而罢职。

⑥眊（mào）眊：两眼昏花，神智昏乱。

【赏读】

本文是元丰六年（1083）苏轼为好友王巩的诗集所作的序言。

王巩是苏门文人群的重要成员之一，他与苏轼在近四十年的交往中，建立了深厚的情谊，既有师生之谊，亦兼挚友之情。罗大经《鹤林玉露》云："东坡于世家中得王定国，于宗室中得赵德麟，奖许不容口。"

王巩出身于官宦世家，据《宋史·王素传》载："王素，字仲仪，太尉旦季子也……子巩，从子靖，从孙震。巩有隽才，长于诗，从苏轼游。轼守徐州，巩往访之，与客游泗水，登魋山，吹笛饮酒，乘月而归。轼待之于黄楼上，谓巩曰：'李太白死，世无此乐三百年矣。'轼得罪，巩亦窜宾州。数岁得还，豪气不挫。"

元丰二年（1079），苏轼因"乌台诗案"被贬黄州团练副使，该案牵涉多位与苏轼交往密切的人，其中就包括王巩。御史舒亶奏言："（苏轼）与王巩往还，漏泄禁中语，阴同货赂，密与宴游。"王巩被贬到宾州，监督盐酒税务。宾州当时属广南西路，地处偏僻，生活极为艰苦，"贬海上五年，一子死贬所，一子死于家，定国亦几病死"。王巩虽然因苏轼之牵连遭受丧子之痛，自己也吃尽苦头，但他乐观旷达，对苏轼毫无怨言，仍然十分敬重苏轼，"以其岭外所作诗数百首寄余，皆清平丰融，蔼然有治世之音，其言志与得道行者无异"。苏轼为其诗集作叙，不仅称赞其诗，更称许其人："定国诗益工，饮酒不衰，所至翱翔徜徉，穷山水之胜，不以厄穷衰老改其度。今而后，余之所畏服于定国者，不独其诗也。"

　　王巩结束被贬生活后，曾带家中歌女柔奴同行与苏轼见面。苏轼问柔奴，岭南蛮荒之地，风土很不好吧？柔奴回答说："此心安处，便是吾乡。"苏轼闻此，大为感动，作《定风波》一首，对王巩和歌女柔奴深表推许。词前小序云："王定国歌儿曰柔奴，姓宇文氏，眉目娟丽，善属对。家世住京师。定国南迁归，余问柔：'广南风土，应是不好？'柔对曰：'此心安处，便是吾乡。'"

　　词云："常羡人间琢玉郎，天教分付点酥娘。自作清歌传皓齿，风起，雪飞炎海变清凉。　　万里归来颜愈少，微笑，笑时犹带岭梅香。试问岭南应不好？却道：此心安处是吾乡。"

书吴道子①画后

　　智者创物，能者述②焉，非一人而成也。君子之于学，百工之于技，自三代③历汉至唐而备矣。故诗至于杜子美④，文至于韩退之⑤，书至于颜鲁公⑥，画至于吴道子，而古今之变，天下之能事毕矣。道子画人物，如以灯取影，逆来顺往，旁见侧出，横斜平直，各相乘除⑦，得自然之数，不差毫末，出新意于法度之中，寄妙理于豪放之外，所谓游刃余地，运斤成风⑧，盖古今一人而已。余于他画，或不能必其主名⑨，至于道子，望而知其真伪也。然世罕有真者，如史全叔所藏，平生盖一二见而已。元丰八年十一月七日书。

【注释】

　　①吴道子：即唐代著名画家吴道玄，字道子，阳翟（今河南禹州）人。其画笔法超妙，尤擅长画道释人物及山水，有"画圣"之称。

　　②述：循，继承。

③三代：指夏、商、周三个王朝。

④杜子美：即唐代诗人杜甫，字子美。巩县（今河南巩义西南）人，其诗被誉为"诗史"，有《杜工部集》。

⑤韩退之：即唐代文学家韩愈，字退之。河南河阳（今河南孟州南）人，是唐代古文运动的倡导者，与柳宗元并称"韩柳"。

⑥颜鲁公：即唐代书法家颜真卿，字清臣，封鲁郡公，世称颜鲁公。

⑦乘除：本是数学上的乘法和除法，这里指各种笔法的合理运用，使之相互补充，从而获得平衡。

⑧运斤成风：比喻手法纯熟，技术出神入化。语出《庄子·徐无鬼》："郢人垩慢其鼻端，若蝇翼，使匠石斫之。匠石运斤成风，听而斫之，尽垩而鼻不伤，郢人立不失容。"

⑨必其主名：确定画作的作者。

【赏读】

本文是元丰八年（1085）十一月七日苏轼为史全叔收藏的吴道子画作所写的题跋，原是写在画卷卷尾上的。

苏轼是文学、艺术方面的通才，所以他对绘画艺术作出的总结往往也非常精辟。他认为，文学艺术的发展、成熟都是一个过程，"智者创物，能者述焉，非一人而成也"。诸如君子在学问方面、百工在技艺方面，都是从夏、商、周三代开始，经过汉代，一直发展到唐代才完备齐全。至于杜甫的诗、韩愈的文章、颜真卿的书法、吴道子的画，也都是这方面的代表。接着，苏轼用一个画家的眼光对吴道子的画作进行了精准的评论。吴道子的画作以人物最为擅长，自己在众多的名画家中，唯独对吴道子的画作能够"望而知其真伪"，其画作最大的特点在于"得自然之数"，"出新意于法度之中，寄妙理于豪放之外"。所以当苏轼在史全叔家里看到吴道子的真迹，有感而写下此文。

书陈怀立①传神

传神之难在于目。顾虎头②云："传神写照，都在阿堵③中，其次在颧颊④。"吾尝于灯下顾自见颊影，使人就壁画之，不作眉目，见者皆失笑，知其为吾也。目与颧颊似，余无不似者，眉与鼻口，盖可增减取似也。

传神与相一道，欲得其人之天⑤，法当于众中阴察其举止。今乃使具衣冠坐，注视一物，彼敛容自持，岂复见其天乎？凡人意思各有所在，或在眉目，或在鼻口。虎头云："颊上加三毛，觉精采殊胜。"⑥则此人意思，盖在须颊间也。优孟学孙叔敖，抵掌谈笑⑦，至使人谓死者复生。此岂能举体皆似耶？亦得其意思所在而已。使画者悟此理，则人人可谓顾、陆⑧。吾尝见僧惟真⑨画曾鲁公⑩，初不甚似。一日，往见公，归而喜甚，曰："吾得之矣。"乃于眉后加三纹，隐约可见，作仰首上视，眉扬而额蹙者，遂大似。南都人陈怀立传吾神，众以为得其全者。怀立举止如诸生，萧然有意于笔墨之外者也。故以所闻者助发之。

【注释】

①陈怀立：《画继》卷六作"程怀立"，云"南都人，东坡作《传神记》"。南都，今河南商丘。

②顾虎头：顾恺之，东晋画家，字长康，小字虎头，晋陵无锡（今江苏无锡）人。善画人物，特别强调眼睛传神。

③阿堵：六朝及唐人常用的指称词，相当于这或这个，此处指眼睛。据《晋书·顾恺之传》："（顾恺之）尤善丹青，图写特妙，谢安深重之，以为有苍生以来未之有也。恺之每画人成，或数年不点目睛。人问其故，答曰：'四体妍媸，本无阙少于妙处，传神写照，正在阿堵中。'"

④颧（quán）颊：颧骨和脸颊。

⑤天：天然，这里指人的自然神态。

⑥"颊上加三毛"二句：顾恺之为裴楷画像，在其面颊加了三根毛，使其神采更加突出。《晋书·顾恺之传》："每写起人形，妙绝于时。尝图裴楷象，颊上加三毛，观者觉神明殊胜。"

⑦"优孟"二句：据《史记·滑稽列传》，春秋时楚国艺人优孟，滑稽多智，擅长讽谏。楚相孙叔敖死后，

其子穷困无依，优孟着敖衣冠，去见楚庄王，模仿叔敖击掌谈话的样子。庄王大惊，以为孙叔敖死而复生。优孟乃趁机讽谏，使孙叔敖之子得到封地，保有富贵。

⑧顾、陆：指顾恺之与陆探微。陆探微，南朝著名画家，擅画肖像、人物，学东晋顾恺之。《画史会要》称："宋明帝时，常为侍从。丹青之妙，最推有名。"

⑨僧惟真：宋代僧人，法号惟真，嘉禾（今浙江嘉兴）人，善画人像，曾为宋仁宗、英宗画像。

⑩曾鲁公：即曾公亮，字明仲，泉州晋江（今福建泉州）人，宋仁宗时官至宰相，熙宁初自请罢相，后封鲁国公。

【赏读】

东晋顾恺之"传神写照，都在阿堵中"一语，是论人物画的要旨，后收入《世说新语·巧艺》中，也成为"眼睛为传神写照要处"的最早的出处。关于作画时眼睛的重要，后来更有"画龙点睛"，语出唐代张远彦《历代名画记·张僧繇》："金陵安乐寺四白龙不点眼睛，每云：'点睛即飞去。'人以为妄诞，固请点之。须臾，雷电破壁，两龙乘云腾去上天，二龙未点睛者见在。"

苏轼的画论，往往是从画家的眼光出发，如本篇所作，乃是言画人像如何传神。本文是苏轼给曾为其画过肖像的画家陈怀立而作，在文中对东晋画家顾恺之的传神论做了深刻的阐发。他认为画人物，重要的是画出精神特征，要善于抓住人物的特点加以表现，不必毛发逼真也能够神似其人。这种"贵神似而不重形似"的艺术主张是苏轼画论中非常重要的内容。

跋宋汉杰①画

　　仆②曩③与宋复古④游，见其画《潇湘晚景》，为作三诗⑤，其略云："径遥趋后崦，水会赴前溪⑥。"复古云："子亦善画也耶？"今其犹子⑦汉杰，亦复有此学，假之数年，当不减复古。元祐三年四月五日书。

【注释】

　　①宋汉杰：宋子房，字汉杰，荥阳（今河南荥阳）人，宋迪之侄，北宋著名画家，擅画山水。宋徽宗时授画院博士，官至正郎。

　　②仆：旧谦称"我"。

　　③曩（nǎng）：以往，过去。

　　④宋复古：宋迪，字复古，宋代画家，洛阳（今河南洛阳）人。元代夏文彦《图绘宝鉴》称："（宋迪）道之弟，以进士擢第为郎。师李成，画山水运思高妙，笔墨清润。又喜画松，或高或偃，或孤或双，以至于千万株森森然，殊可骇也。"有《平沙落雁》《远浦归帆》

《山市晴岚》《江天暮雪》《洞庭秋月》《潇湘夜雨》《烟寺晚钟》《渔村落照》，谓之潇湘八景图。其中《潇湘夜雨》即下文所说的《潇湘晚景》。

⑤为作三诗：指《宋复古画潇湘晚景图》三首。

⑥径遥趋后崦（yān），水会赴前溪：即《宋复古画潇湘晚景图》第三首中的两句。遥，原诗中作"蟠"。崦，古代指太阳落山的地方。

⑦犹子：侄子。《礼记·檀弓上》："兄弟之子，犹子也。"

【赏读】

宋迪是北宋著名的山水画家，据《湖南通志》载，他于嘉祐八年（1063）担任湖南路转运判官职方员外郎，居住长沙，故而遍游潇湘之地，并创作了"潇湘八景图"。沈括《梦溪笔谈·书画》云："度支员外郎宋迪工画，尤善为平远山水，其得意者有《平沙雁落》《远浦帆归》《山市晴岚》《江天暮雪》《洞庭秋月》《潇湘夜雨》《烟寺晚钟》《渔村落照》，谓之'八景'，好事者多传之。"

苏轼曾为宋迪《潇湘晚景》作过三首题跋诗，即《宋复古画潇湘晚景图》三首：

一

西征忆南国，堂上画潇湘。

照眼云山出，浮空野水长。

旧游心自省，信手笔都忘。

会有衡阳客，来看意渺茫。

二

落落君怀抱，山川自屈蟠。

经营初有适，挥洒不应难。

江市人家少，烟村古木攒。

知君有幽意，细细为寻看。

三

咫尺殊非少，阴晴自不齐。

径蟠趋后崦，水会赴前溪。

自说非人意，曾经是马蹄。

他年宦游处，应话剑山西。

本文提到的"径遥趋后崦，水会赴前溪"就是出自其中第三首，此语道出了宋迪画作结构上的技巧。他能在有限的画幅中，巧妙描绘出逶迤向后延展的山路和向前潺潺流动的溪水，使画面的层次和明暗都富于表现力。宋复古读后认为苏轼"亦善画也"，可见其所评精到。元祐三年（1088）春天，苏轼又将这首诗抄给了宋迪的侄子以勉励他。

跋汉杰画山二首

唐人王摩诘[1]、李思训[2]之流，画山川峰麓，自成变态[3]，虽萧然有出尘之姿，然颇以云物间[4]之。作浮云杳霭，与孤鸿落照，灭没于江天之外，举世宗之，而唐人之典刑[5]尽矣。近岁惟范宽[6]稍存古法，然微有俗气。汉杰此山，不古不今，稍出新意，若为之不已，当作着色山也。

又

观士人画，如阅天下马，取其意气所到。乃若画工，往往只取鞭策皮毛、槽枥刍秣，无一点俊发，看数尺许便卷。汉杰真士人画也。

【注释】

①王摩诘：即王维，字摩诘，唐代著名诗人、画家。擅画水墨山水，被后人尊为中国山水画的"南宗鼻祖"。

他开启了文人画传统，《画旨》云："文人之画，自右丞始。"

②李思训：唐代杰出画家。以战功闻名于时，玄宗开元初官右武卫大将军，世称"大李将军"。擅画青绿山水，被后人尊为中国山水画的"北宗之祖"。

③变态：千变万化的形态。

④间（jiàn）：隔开，不连接。

⑤典刑：即典型，指可作为榜样的风格范式。

⑥范宽：一名中正，字仲立，华原（今陕西铜川）人。北宋画家，擅画山水。存世作品有《溪山行旅图》《雪山萧寺图》等。

【赏读】

黄庭坚曾说："子瞻学问文章之气，郁郁纤纤于笔墨之间。"苏轼常常借用对具体画作的品评发表自己的艺术观点。

这两则题跋作于宋哲宗元祐三年（1088）。其中第一则论宋汉杰画与唐人画作的不同处，既对唐人画作的神韵作了精辟的概括，又赞扬了宋汉杰画的创新精神。文中提到王维、李思训的山水画法，他们的山水画是唐代绘画的典型范式，虽有出尘之姿，却也有其不足。近年来范宽虽然对景造意、写山真骨，自成一家，但又有

"俗气"。落笔至宋汉杰，可见其画之佳。

　　第二则指出了"士人画"与"画工画"的区别，对"士人画"作出了高度评价。这里所说的"士人画"即"文人画"，是文人在笔情墨趣中对自己心境的披露，技法上注重于写意，所画往往有寄托。可见苏轼赏画的标准——取意而不取工。

书李伯时^①《山庄图》 后

或曰："龙眠居士作《山庄图》，使后来入山者信足而行^②，自得道路，如见所梦，如悟前世，见山中泉石草木，不问而知其名，遇山中渔樵隐逸，不名而识其人，此岂强记不忘者乎？"

曰："非也。画日者常疑饼，非忘日也。醉中不以鼻饮，梦中不以趾捉^③，天机之所合，不强而自记也。居士之在山也，不留^④于一物，故其神与万物交，其智与百工通。虽然，有道有艺。有道而不艺，则物虽形于心，不形于手。吾尝见居士作华严相^⑤，皆以意造^⑥，而与佛合。佛菩萨言之，居士画之，若出一人，况自画其所见者乎？"

【注释】

①李伯时：即李公麟，字伯时，号龙眠居士，舒州（今安徽舒州）人。北宋著名画家。传世作品有《五马图》《维摩诘图》等。

②信足而行：随意行走。

③趾捉：用脚趾拿东西。

④留：拘泥。

⑤华严相：指释迦牟尼成道之初，在菩提树下讲说高深的大乘无上法门的形象。这里指李公麟的另一幅画作《华严变相》。

⑥意造：凭想象力创作。

【赏读】

龙眠山古称龙舒山，因其形如卧龙，故名。北宋著名画家李公麟归隐于此，建龙眠山庄。他徜徉于龙眠山水之间，吟风啸月，卧石听泉，遍览山庄及周围胜景，自绘《龙眠山庄图》。《龙眠山庄图》为白描山水画，分段刻画龙眠山庄景致和文人居士在山中的禅修生活。

苏辙《题李公麟山庄图二十首》诗序云："伯时作《龙眠山庄图》，由建德馆至垂云沜，著录者十六处。自西而东凡数里，岩崿隐见，泉源相属，山行者路穷于此。道南溪山，清深秀峙，可游者有四：曰胜金岩、宝华岩、陈彭漈、鹊源。以其不可绪见也，故特著于后。子瞻既为之记，又属辙赋小诗，凡二十章，以继摩诘辋川之作云。"据此序可略知《山庄图》的大概形貌。

本文是苏轼为《龙眠山庄图》所作题跋，全篇借用问答的形式来立论，阐述了文人画要"有道有艺"的绘画观。有人提出疑问：《龙眠山庄图》使观画者有身临其境之感，这样是否会让人们只记得画中的"泉石草木""渔樵隐逸"呢？苏轼否定了这种说法，他指出李公麟并非拘泥于一草一木，而是"其神与万物交，其智与百工通"，兼具文人之意趣与画工之技能，他称李公麟为"有道有艺"的画家。

李公麟工诗善画，博古多识，其绘画人物、鞍马、山水、花鸟等无不精通，被称为"宋画第一人"。清代桐城人张若驹《李伯时龙眠山庄图》诗有句云："伯时先生任风雅，以身入画眠龙眠。"

书东皋子①传后

予饮酒终日，不过五合②，天下之不能饮，无在予下者。然喜人饮酒，见客举杯徐引，则予胸中为之浩浩焉，落落焉，酣适之味，乃过于客。闲居未尝一日无客，客至，未尝不置酒。天下之好饮，亦无在予上者。

常以谓人之至乐，莫若身无病而心无忧，我则无是二者矣。然人之有是者，接于予前，则予安得全其乐乎？故所至，常蓄善药，有求者则与之，而尤喜酿酒以饮客。或曰："子无病而多蓄药，不饮而多酿酒，劳己以为人，何也？"予笑曰："病者得药，吾为之体轻，饮者困于酒，吾为之酣适，盖专以自为也。"

东皋子待诏③门下省④，日给酒三升。其弟静问曰："待诏乐乎？"曰："待诏何所乐，但美酝三升，殊可恋耳。"今岭南，法不禁酒，予既得自酿，月用米一斛⑤，得酒六斗。而南雄、广、惠、循、梅⑥五太守，间复以酒遗予。略计其所获，殆过于东皋子矣。

然东皋子自谓五斗先生，则日给三升，救口不暇，安能及客乎？若予者，乃日有二升五合入野人、道士腹中矣。

东皋子与仲长子先⑦游，好养性服食⑧，预刻死日，自为墓志。予盖友其人于千载，或庶几焉。

【注释】

①东皋子：即唐初王绩，字无功，号东皋子，绛州龙门（今山西河津）人。隋时为秘书省正字，唐初以原官待诏门下省。性嗜酒，其诗多以酒为题材。据《唐才子传》记载："性简傲，好饮酒，能尽五斗，自著《五斗先生传》。弹琴、为诗、著文，高情胜气，独步当时。撰《酒经》一卷，《酒谱》一卷。"

②合（gě）：容量单位，十合为一升，十升为一斗。此时酒还处在低度酒的时期。

③待诏：职官名。唐初，以文辞经学之士及医、卜、棋、画等技艺之人置翰林院中，以待皇帝诏问驱使。

④门下省：唐代官署名，与中书省同掌机要。王绩在隋朝时做过秘书省正字，入唐后以原官待诏门下省。

⑤斛：容量单位，一斛本为十斗，后改为五斗。

⑥南雄、广、惠、循、梅：都是当时广东的州名。

⑦仲长子先：隋末隐士，王绩朋友，常和王绩一起

饮酒赋诗。《旧唐书·王绩传》称："绩河渚中先有田数顷，邻渚有隐士仲长子先，服食养性。绩重其真素，愿与相近，乃结庐河渚，以琴酒自乐。"

⑧服食：道家养生法，指服食丹药。

【赏读】

苏轼在《跋所书东皋子传》中写道："绍圣二年正月十六日，方读《东皋子传》，而梅州送酒者适至。独尝一杯，径醉，遂书此纸以寄谭使君。"由此可知，此文大概是绍圣二年（1095）苏轼谪居惠州时所作。苏轼当然不是第一位在文学作品中写酒的诗人，但苏轼大概是写酒写得最多的，有酿酒、品酒、独酌、共饮，每一种都能够自得其趣，所以当苏轼读到东皋子王绩的集子，看起来是写东皋子，写的何尝不是自己。

王绩在门下省任职，目的在于这个官职每天可供三升酒，"待诏何所乐，但美酝三升，殊可恋耳"。阮籍有"闻步兵厨营人善酿，有贮酒三百斛，乃求为步兵校尉"、陶渊明有"彭泽去家百里，公田之利，足以为酒，故便求之"，这三人极为相似，都是为酒而做官的。苏轼虽喜饮酒，但酒量并不大，与王绩比起来，显然苏轼的乐趣更多一些，因为他多数情况下不是独饮，而是和朋友一同饮酒，只要家中有客人，就必然要为他们准备酒。

苏轼的一生起起伏伏，被贬谪的时候也没有什么收入，在这个时候他选择了自己酿酒来供朋友们饮用。在密州时酿过米酒，在定州时酿过橘子酒和松酒，在黄州时酿过蜜酒，在惠州时酿过桂酒，在海南时酿过天门冬酒。所以无病蓄药是为了别人方便，酿酒也是为了让朋友们来喝。王绩固然善于饮酒，然而每日所得还不够自己喝的，苏轼就不一样了，他"月用米一斛，得酒六斗"，又有当地官员送来的酒，足可以供朋友们饮用了。这种分享的乐趣，当然不是东皋子所能有的境界了。

遇有别人送酒未到的情况，苏轼还忍不住要作诗去询问，实可见其率真之趣。如苏轼居惠州时，广州太守月馈酒六壶，但有时"书至而酒不达"，于是苏轼便"戏作小诗问之"：

> 白衣送酒舞渊明，急扫风轩洗破觥。
>
> 岂意青州六从事，化为乌有一先生。
>
> 空烦左手持新蟹，漫绕东篱嗅落英。
>
> 南海使君今北海，定分百榼饷春耕。

苏轼常常用这种态度来对待现实生活中的不幸，其旷达洒脱的襟怀，与人同乐的人生态度，在这篇短文里充分表现出来了。

书摩诘①《蓝田烟雨图》

味摩诘之诗，诗中有画。观摩诘之画，画中有诗。诗②曰："蓝溪白石出，玉川红叶稀。山路元无雨，空翠湿人衣。"此摩诘之诗，或曰非也。好事者以补摩诘之遗③。

【注释】

①摩诘：即王维，字摩诘，唐朝诗人、画家。

②诗：指王维的《山中》，此诗最早见于《王右丞集》外编。

【赏读】

"诗中有画""画中有诗"，是指诗中蕴含着画的意境，画中蕴含着诗的意味。这是苏轼对王维诗画的精当评价，也是苏轼重要的绘画理论，也是今天我们评价王维诗歌时常用的一句话。《宣和画谱》卷十载："（王）维善画，尤精山水。……观其思致高远，初未见于丹青，时时诗篇中已自有画意。由是知维之画出于天性，不必以画拘。"

在此篇之外，苏轼还多次提及此观点。如《书鄢陵王主簿所画折枝二首》之一云："诗画本一律，天工与清新。"《王维吴道子画》云："摩诘本诗老，佩芷袭芳荪。今观此壁画，亦若其诗清且敦。……摩诘得之于象外，有如仙翮谢笼樊。"后代文人也有评价王维诗画关系的，如王世贞《弇州山人四部稿》云："王右丞诗云：'江流天地外，山色有无中。'是诗家极俊语，却入画三昧。"董其昌《画禅室随笔》云："'山下孤烟远村，天边独树高原。'非右丞工于画道，不能得此语。"可见苏轼品评之确。

苏轼在本文中认为《山中》所写，就是一幅由蓝溪、玉川、山路、行人、白石、红叶构成的静谧画面。人从山路中走，看到清浅小溪中的白色石头、青山中稀落的红叶，被露水打湿了衣服。这与王维其他诗作所表达的宁静悠远的意境是一致的。

题李岩老[①]

南岳李岩老好睡，众人食饱下棋，岩老辄就枕，阅数局乃一展转[②]，云："君几局矣？"东坡曰："岩老常用四脚棋盘[③]，只着一色黑子。昔与边韶[④]敌手，今被陈抟[⑤]饶先[⑥]。着时自有输赢，着了并无一物。"欧阳公诗[⑦]云："夜凉吹笛千山月，路暗迷了百种花。棋罢不知人换世[⑧]，酒阑无奈客思家。"殆是类也。

【注释】

①李岩老：本名李樵，生平不详，从本文看或为北宋南岳衡山附近人氏。

②展转：即辗转。

③四脚棋盘：将李岩老身体比喻成棋盘，戏称其好睡。

④边韶：字孝先，陈留（今河南开封）人，东汉学者。据《后汉书·边韶传》记载："（边韶）以文章知名，教授数百人。韶口辩，曾昼日假卧，弟子私嘲之曰：

'边孝先，腹便便。懒读书，但欲眠。'后人有《边韶昼眠》图，成语"大腹便便"也从此而来。

⑤陈抟：字图南，号扶摇子，亳州真源（今河南鹿邑）人，五代末宋初道士。号称陈抟老祖，宋太宗赐号"希夷先生"。《宋史·陈抟传》："每寝外，多百余日不起。"

⑥饶先：抢了先。围棋术语。双方棋力有差距，由高手让低手先走一步，两步或三步。

⑦欧阳公诗：欧阳修此诗名为《梦中作》。

⑧"棋罢"句：此句用"王质烂柯"的典故。南朝梁任昉《述异记》载："信安郡有石室山，晋时王质伐木至，见童子数人棋而歌，质因听之。童子以一物与质，如枣核。质含之，不觉饥。俄顷，童子谓曰：'何不去？'质起视，斧柯尽烂。既归，无复时人。"

【赏读】

在中国文学史上，苏轼的诙谐可谓一绝。本文在诙谐之中又信手拈来典故，可谓更绝。文中的李岩老是苏轼的好友，特点是"好睡"。众人饭后下棋，李岩老却去睡觉，醒来后问下棋人"君几局矣"。苏轼一时玩笑起来，称李岩老伸开四肢大睡如四脚棋盘，比喻非常巧妙。

接着，苏轼将李岩老和东汉的边韶、宋代的"睡仙"

陈抟相比，认为李岩老的睡功可与边韶打个平手、却又被陈抟稍稍领先，以示李岩老睡功的厉害。这样的李岩老正如欧阳修所说那样——棋罢不知人换世。

　　全文诙谐有趣，又寓有深意。人世间的苍黄反复，作者的宦海浮沉，直如弈局而已，输赢实难料也。

晁君成①诗集引

　　达贤者有后，张汤②是也。张汤宜无后者也。无其实而窃其名者无后，扬雄是也。扬雄宜有后者也。达贤者有后，吾是以知蔽贤者之无后也。无其实而窃其名者无后，吾是以知有其实而辞其名者之有后也。贤者，民之所以生也，而蔽之，是绝民也。名者，古今之达尊也，重于富贵，而窃之，是欺天也。绝民欺天，其无后不亦宜乎！故曰达贤者与有其实而辞其名者皆有后。吾常诵之云尔。

　　乃者官于杭③，杭之新城④令晁君君成讳端友者，君子人也。吾与之游三年，知其为君子，而不知其能文与诗，而君亦未尝有一语及此者。其后君既殁于京师，其子补之⑤出君之诗三百六十篇。读之而惊曰：嗟夫，诗之指虽微，然其美恶高下，犹有可以言传而指见者。至于人之贤不肖，其深远茫昧难知，盖甚于诗。今吾尚不能知君之能诗，则其所谓知君之为君子者，果能尽知之乎。君以进士得官，所至民安乐之，惟恐其去。然未尝以一言求于人。凡从仕二十有三年，而后改官以没。由此观之，非独吾不知，举世莫之知也。

君之诗清厚静深，如其为人，而每篇辄出新意奇语，宜为人所共爱，其势非君深自覆匿，人必知之。而其子补之，于文无所不能，博辩俊伟，绝人远甚，将必显于世。吾是以益知有其实而辞其名者之必有后也。

昔李郃[6]为汉中候吏，和帝遣二使者微服入蜀，馆于郃，郃以星知之。后三年，使者为汉中守，而郃犹为候吏，人莫知之者。其博学隐德之报，在其子固[7]。《诗》曰："岂弟君子，神所劳矣[8]。"

【注释】

①晁君成：晁端友，字君成，巨野（今山东巨野）人。北宋诗人。工文词，尤长于诗，其诗为苏轼、黄庭坚所称赏。熙宁中为新城县令，对新城胜迹多有题咏，有《新城集》。

②张汤：京兆杜陵（今陕西西安）人，西汉时官员，为官清廉俭朴。

③官于杭：指苏轼在杭州任通判。

④新城：杭州属县，在今浙江杭州临安区南。

⑤其子补之：即晁君成之子晁补之，字无咎，号归

来子。曾任礼部郎中兼国史院编修官，"苏门四学士"之一，有《鸡肋集》一百卷。

⑥李郃（hé）：字孟节，汉中南郑（今陕西汉中）人，《后汉书》有传。

⑦其子固：李固，字子坚，李郃之子。

⑧"岂弟君子"二句：出自《诗经·大雅·旱麓》。

【赏读】

这是苏轼为晁君成的诗集所写的序言。文中第一段用类比的方式以张汤、扬雄为例先引出观点"故曰达贤者与有其实而辞其名者皆有后"，进而引出晁君成。

序文先介绍了晁君成的情况，苏轼称自己与他相识三年，但"不知其能文与诗，而君亦未尝有一语及此者"，为下文见到晁君成的诗文表示惊讶作铺垫。然后以诗谈其人，又因人谈其诗，"诗之指虽微，然其美恶高下，犹有可以言传而指见者。至于人之贤不肖，其深远茫昧难知，盖甚于诗"。论诗与论文交替进行，也使读者能够更深入地去了解晁君成的诗。再论及晁君成的儿子晁补之，呼应前文所说的"有其实而辞其名者之必有后"，也是回应前文所说的"其子补之出君之诗三百六十篇"。晁补之后来名列"苏门四学士"之一，也是"必有后"的体现。

书黄子思①诗集后

　　予尝论书，以谓钟、王②之迹，萧散简远，妙在笔墨之外。至唐颜、柳③，始集古今笔法而尽发之，极书之变，天下翕然④以为宗师，而钟、王之法益微。

　　至于诗亦然。苏、李⑤之天成，曹、刘⑥之自得，陶、谢⑦之超然，盖亦至矣。而李太白、杜子美以英玮绝世之姿，凌跨百代，古今诗人尽废，然魏、晋以来高风绝尘，亦少衰矣。李、杜之后，诗人继作，虽间有远韵，而才不逮意，独韦应物⑧、柳宗元发纤秾于简古，寄至味于澹泊，非余子所及也。唐末司空图⑨崎岖兵乱之间，而诗文高雅，犹有承平之遗风。其论诗曰："梅止于酸，盐止于咸⑩。饮食不可无盐、梅，而其美常在咸、酸之外。"盖自列其诗之有得于文字之表者二十四韵⑪，恨当时不识其妙。予三复其言而悲之。

　　闽人黄子思，庆历、皇祐间号能文者。予尝闻前辈诵其诗，每得佳句妙语，反复数四，乃识其所谓。信乎表圣⑫之言，美在咸、酸之外，可以一唱而三叹也。予既与其子几道⑬、其孙师是⑭游，得窥其家集，而子思笃行高志，为吏有异材，见于墓志详矣，予不复论，独评其诗如此。

【注释】

①黄子思：黄孝先，字子思，浦城（今福建浦城）人。北宋诗人。宋仁宗天圣二年（1024）进士，官至大理寺丞。

②钟、王：魏晋时书法家钟繇、王羲之。

③颜、柳：唐代书法家颜真卿、柳公权。二人书法并称"颜筋柳骨"。

④翕然：统一或调协的样子。

⑤苏、李：西汉的苏武、李陵。相传二人离别互作诗赠答，过去认为他们是五言诗的创始者。

⑥曹、刘：曹植、刘桢。二人为建安时代杰出诗人。

⑦陶、谢：东晋诗人陶渊明、南朝宋诗人谢灵运。

⑧韦应物：唐代著名诗人，其诗冲淡简远，有意学陶渊明。

⑨司空图：字表圣，号知非子。唐末诗人、诗论家，著有《二十四诗品》。

⑩"梅止于酸"二句：语本司空图《与李生论诗书》："江岭之南，凡足资于适口者，若醯，非不酸也，

止于酸而已；若醢，非不咸也，止于咸而已。”

⑪二十四韵：即《二十四诗品》，司空图的论诗著作，把诗的风格分为二十四目，每目皆用四言韵语写成，故名。

⑫表圣：即司空图，字表圣。

⑬几道：即黄好古，字几道，黄孝先之子。与苏轼同为宋仁宗嘉祐二年（1057）进士。

⑭师是：即黄寔，字师是，黄孝先之孙。

【赏读】

黄子思是闽地浦城人，以善治狱迁大理丞，历太常博士，卒于石州通判。黄子思一生刻苦勤奋，笔耕不辍，一边做官从政，一边写诗习文，有诗二十卷。苏轼是黄子思的儿子黄好古、孙子黄寔的朋友，他为黄子思的诗集写了这篇题跋，提出了一个极其重要的诗歌理论：追求萧散超然、简古淡远风格的诗歌，在艺术上达到了很高的境界。

本文以书法的历史发展譬喻诗歌的发展变化。首先，苏轼推崇魏晋时期钟繇、王羲之的书法，因为他们的书法“萧散简远，妙在笔墨之外”，尽管唐代的颜真卿、柳公权能够集古今笔法之大成，但偏离了钟繇、王羲之书法的艺术神韵。接着，由书法推及诗歌，认为诗歌最高的艺术境界也是自然天成，富于神韵，像苏武、李陵、曹植、刘桢、陶渊明、谢灵运等人的诗歌那样，出于性情的真诚流露，平淡自然。尽管李白、杜甫取得了"凌跨百代"的巨大成就，但是，李杜诗歌还是缺少魏晋以来"高风绝尘"的韵味。此后的诗人尽管追求远韵，但是才不逮意。这就自然过渡到对韦应物、柳宗元山水诗的经典评价，苏轼认为他们的诗歌"发纤秾于简古，寄至味于澹泊"。与此相应，又提到司空图的妙在"咸、酸之外"的神韵说。

结尾处，提到诗集的作者黄子思，"信乎表圣之言，美在咸、酸之外，可以一唱而三叹也"，将黄子思诗歌置于追求淡远神韵的诗歌艺术传统中，高度赞赏其诗歌的艺术成就，同时也重申自己的文学主张。

杨慎《三苏文范》评此文曰："序止五百余字，立一古今诗案。诗唐李杜为宗，固妙。而汉魏有天成自得、超然于诗之外者，亦所当知。作文之法，亦犹诗也。深于诗，自深于文也。"

书《孟德传》①后

子由书孟德事见寄。余既闻而异之，以为虎畏不惧己者，其理似可信。然世未有见虎而不惧者，则斯言之有无，终无所试之。

然曩余闻忠、万、云安②多虎，有妇人昼日置二小儿沙上而浣衣于水者，虎自山上驰来，妇人仓皇沉水避之，二小儿戏沙上自若。虎熟视久之，至以首牴触，庶几其一惧，而儿痴，竟不知怪，虎亦卒去。

意虎之食人，必先被之以威，而不惧之人，威无所从施欤？有言虎不食醉人，必坐守之，以俟其醒。非俟其醒，俟其惧也。有人夜自外归，见有物蹲其门，以为猪狗类也。以杖击之，即逸去。至山下月明处，则虎也。是人非有以胜虎，而气已盖之矣。使人之不惧，皆如婴儿、醉人与其未及知之时，则虎畏之，无足怪者。故书其末，以信③子由之说。

【注释】

①《孟德传》：指苏辙写的一篇文章《孟德传》。孟德是宋仁宗嘉祐年的一名戍卒，一生酷爱山林，但身在军中，无法获得山林之乐，便趁机逃进华山。他在深山中多次遇到猛兽，但由于他已把生死置之度外，对猛兽不惧，竟未遭伤害。全文告诉人们一个道理：人不畏虎，虎自畏人。

②忠、万、云安：地名。忠，忠州，治今重庆忠县。万，万州，治今重庆万州。云安，云安军，治今重庆云阳。

③信（shēn）：通"申"，引申，进一步论证。

【赏读】

苏辙所作的《孟德传》中说，孟德避居华山，采草根果实而食，不惧猛兽。苏辙的用意在于说：君子无所畏惧，猛兽才不敢侵犯，以展现孟德之勇猛。而苏轼为《孟德传》所写的跋中最妙的地方，在于其中所写小儿痴态与虎的试探。小孩子不知虎之可怕，所以当妇人们都逃到水中躲藏的时候，两个小孩子却在河岸上自顾自地玩耍。老虎见惯了遇到自己就惊悸奔跑的动物、人类，于是奇怪于毫无反应的小孩子，便试探着用头去触碰他们。小孩子仍旧没有丝毫恐惧的表现，这使得虎不知所措，最后只好离开。

人之初因为懂得不多，反倒有浩然之气，无惧于各种危险。在人世间成长，慢慢知道哪些会让自己受伤害，哪些会让自己得利，在追逐名利、避免自身受到伤害的过程中种种下意识的举动，却正是失去天真和无畏的过程。也是这些成熟与世故，让人们怀念孩童时期的天然与真意。

卷三 尺牍

今日舟中无他事，十指如悬棰，适有人致嘉酒，遂独饮一杯，醺然径醉。

谢欧阳内翰①书

轼窃以天下之事，难于改为。自昔五代之余②，文教衰落，风俗靡靡，日以涂地③。圣上慨然太息，思有以澄其源，疏其流，明诏天下，晓谕厥旨④。于是招来雄俊魁伟、敦厚朴直之士，罢去浮巧轻媚、丛错采绣之文，将以追两汉之余，而渐复三代⑤之故。士大夫不深明天子之心，用意过当，求深者或至于迂，务奇者怪僻而不可读，余风未殄，新弊⑥复作。大者镂之金石，以传久远；小者转相摹写，号称古文。纷纷肆行，莫之或禁。盖唐之古文，自韩愈⑦始。其后学韩而不至者为皇甫湜⑧。学皇甫湜而不至者为孙樵⑨。自樵以降，无足观矣。

伏惟⑩内翰执事⑪，天之所付以收拾先王之遗文，天下之所待以觉悟学者。恭承王命，亲执文柄⑫，意其必得天下之奇士以塞明诏。轼也远方之鄙人，家居碌碌，无所称道，及来京师，久不知名，将治行⑬西归，不意执事擢在第二。惟其素所蓄积，无以慰士大夫之心，是以群嘲而聚骂者，动满千百^⑭。亦惟恃有执事之知，与众君子之议论，故恬然不以动其心。犹幸御试^⑮不为有司^⑯之所排，使得搢笏跪起^⑰，谢恩于门下。闻之古人，士无贤愚，惟其所遇。盖乐毅去燕，不复一战^⑱，而范蠡去越，亦终不能有所为^⑲。轼愿长在下风^⑳，与宾客之末，使其区区之心，长有所发。夫岂惟轼之幸，亦执事将有取一二焉。不宣。

【注释】

①欧阳内翰：指欧阳修，北宋政治家、文学家。嘉祐二年（1057），欧阳修曾以官翰林学士知贡举，负责科举取士。内翰，宋代翰林学士的别称。

②五代之余：指宋初。五代，指唐末因分裂割据而成立的后梁、后唐、后晋、后汉、后周五个朝代。

③日以涂地：一天天败坏下来。涂地，比喻处境艰难。

④厥（jué）旨：那个圣旨。这里指曾多次就改革学风、文风问题发布诏命。

⑤三代：指夏、商、周三个朝代。

⑥新弊：这里指行文追求怪奇的太学体。

⑦韩愈：唐代文学家、哲学家。唐代古文运动的倡导者，被后人尊为"唐宋八大家"之首。

⑧皇甫湜：唐代政治家、文学家。他曾向韩愈学习写古文，与李翱同为韩门高足。但他的文章风格偏于怪奇，由此走上险怪一路。

⑨孙樵：唐晚期著名文学家。他自言其作文真诀来自皇甫湜。他主张作文以艰深为工，结果流于艰涩怪僻。

⑩伏惟：下对上的敬辞，常用于奏疏或者信函。谓念及、想到。

⑪执事：各部门的专职人员。此指欧阳修执掌贡举。

⑫文柄：评定文章、考选文士的权责。

⑬治行：整理行装。

⑭"惟其"四句：指自己中举后惹得千百人聚众闹事。事见《宋史·选举志》："嘉祐二年，亲试举人，凡与殿试者始免黜落。时进士益相习为奇僻，钩章棘句，浸失浑淳。欧阳修知贡举，尤以为患，痛裁抑之，仍严禁挟书者。既而试榜出，时所推誉，皆不在选。浇薄之士，候修晨朝，群聚诟斥之，街司逻卒不能止，至为祭文投其家，卒不能求其主名置于法，然自是文体亦少变。"

⑮御试：即殿试，指帝王于宫殿内考试贡举之士。

⑯有司：官吏，这里指考官。

⑰搢笏（jìn hù）跪起：指授官行跪拜之礼。笏，古代大臣上朝拿着的手板，用玉、象牙或竹片制成，上面

可以记事。

⑱"盖乐毅"二句：乐毅，战国时燕国名将，曾被燕昭王任为上将，联合赵、楚、韩、魏伐齐，先后攻下七十余座城池。燕惠王即位后，他中齐国反间计不得已而出奔赵国，再无机会率兵施展自己的军事才能。

⑲"而范蠡"二句：范蠡，春秋末政治家，曾辅佐勾践灭吴，后退隐江湖，以经商致富，在政治上再也没有什么作为。

⑳下风：比喻处于下位、卑位，有时作谦辞。

【赏读】

宋仁宗嘉祐二年（1057），欧阳修主持礼部省试，读到苏轼的《刑赏忠厚之至论》，极为欣赏，但是误以为此文是弟子曾巩所作，为了避嫌，将此考卷判为第二名。后来，苏轼、苏辙参加仁宗皇帝在崇政殿亲自主持的殿试，双双进士及第，三苏父子由此名动京师。这一年，同榜的还有曾巩、曾布、张载、程颢、吕惠卿、朱光庭、林希、刘庠等，被称为"龙虎榜"。金榜题名之后，主考官与新晋进士之间便有了师生的名分和情谊。被录取的考生，往往要向主考官写一封信，感谢主考官的知遇之恩，所以苏轼写了《谢欧阳内翰书》和《上梅直讲书》来感谢欧阳修和梅尧臣。

　　这封《谢欧阳内翰书》，一扫礼仪书信往来的陈词滥调，站在历史的高度，简要而准确地分析了北宋近百年的文学发展，高屋建瓴、言简意赅，充分表现了苏轼强大的文字驾驭能力和高超的文学理论水平。欧阳修读了这篇文章大喜过望，专门给好友梅尧臣写信说："读轼书，不觉汗出，快哉！快哉！老夫当避路，放他出一头地也。可喜！可喜！"（《与梅圣俞》）他的那份欣喜与激动，即便是时过千年，我们依然可以清晰地感受到。苏轼由此不仅有机会拜见自己的偶像欧阳修，还在欧阳修的引荐下，拜见了韩琦、富弼等《庆历圣德诗》上留名的当世名臣。苏轼七八岁时就立下的志愿，终于得以实现了。

　　欧阳修是当时的文坛泰斗，由于他对三苏父子的称许、推崇，苏轼的文章很快在京城乃至全国流传开来，产生了巨大的影响。如欧阳修在《故霸州文安县主簿苏君墓志铭》中称："书既出，而公卿士大夫争传之。其二子举进士，皆在高等，亦以文学称于时。眉山在西南数千里外，一日父子隐然名动京师，而苏氏文章遂擅天下。"

　　苏轼兄弟因为进士及第进而认识了欧阳修及其门人。苏辙说："见翰林欧阳公，听其议论之宏辩，观其容貌之秀伟，与其门人贤士大夫游，而后知天下之文章聚乎此

也。"（《上枢密韩太尉书》）后来他在《送欧阳辩》诗
中回忆道："我年十九识君翁，须发白尽颧颊红。奇姿云
卷出翠阜，高论河决生清风。我时少年岂知道，因缘父
兄愿承教。文章疏略未足云，举止猖狂空自笑。公家多
士如牛毛，扬眉抵掌气相高。下客逡巡愧知己，流枿低
昂随所遭。"欧阳辩是欧阳修的儿子，从苏辙的这首诗
中，不难看出文坛泰斗欧阳修的风采，当时的他虽然已
须发尽白，但是面颊红润，精神饱满，高谈阔论。其家
中诸位门人，抵掌谈笑，意气风发。苏轼兄弟初次在欧
阳修家中做客，就见到如此众多的文坛精英，深感自己
的无知，只能像漂流的树枝，随时俯仰而已。

上梅直讲①书

　　某官执事：轼每读《诗》至《鸱鸮》②，读《书》至《君奭》③，常窃悲周公之不遇。及观《史》，见孔子厄于陈、蔡之间，而弦歌之声不绝④，颜渊、仲由之徒相与问答。夫子曰："匪兕匪虎，率彼旷野⑤。吾道非邪，吾何为于此？"颜渊曰："夫子之道至大，故天下莫能容。虽然，不容何病，不容然后见君子。"夫子油然而笑曰："回，使尔多财，吾为尔宰⑥。"夫天下虽不能容，而其徒自足以相乐如此。乃今知周公之富贵，有不如夫子之贫贱。夫以召公之贤，以管、蔡⑦之亲，而不知其心，则周公谁与乐其富贵？而夫子之所与共贫贱者，皆天下之贤才，则亦足与乐乎此矣。

　　轼七八岁时，始知读书，闻今天下有欧阳公者，其为人如古孟轲、韩愈之徒。而又有梅公者从之游，而与之上下⑧其议论。其后益壮，始能读其文词，想见其为人，意其飘然脱去世俗之乐而自乐其乐也。方学为对偶声律之文，求斗升之禄，自度无以进见于诸公之间。来京师逾年，未尝窥其门。今年春，天下之士群至于礼部⑨，执事与欧阳公实亲试之。诚不自意，获在第二。既而闻之人，执事爱其文，以为有孟轲之风。而欧阳公亦以其能不为世俗之文也而取焉，是以在此。非左右⑩为之先容⑪，非亲旧为之请属⑫，而向之十余年间，闻其名而不得见者，一朝为知己。退而思之，人不可以苟富贵，亦不可以徒贫贱。有大贤焉而为其徒，则亦足恃矣。苟其侥一时之幸，从车骑数十人，使闾巷小民聚观而赞叹之，亦何以易此乐也。

《传》曰："不怨天，不尤人。""盖优哉游哉，可以卒岁。"执事名满天下，而位不过五品。其容色温然而不怒，其文章宽厚敦朴而无怨言，此必有所乐乎斯道也，轼愿与闻焉！

【注释】

①梅直讲：即北宋诗人梅尧臣，时任国子监直讲一职。

②《鸱鸮（chī xiāo）》：此处指《诗经·豳风》中的《鸱鸮》篇。《毛诗序》称："《鸱鸮》，周公救乱也。成王未知周公之志，公乃为诗以遗王，名之曰《鸱鸮》焉。"

③《君奭（shì）》：《尚书》中的一篇。周武王死

后，周公与弟召公奭共辅成王，召公误信周公篡位的流言，周公作此文自辩，兼以互勉。

④"及观《史》"三句：据《史记·孔子世家》：孔子晚年居于陈、蔡之间，楚国欲聘之。陈、蔡大夫恐以后于己不利，"乃相与发徒役围孔子于野。不得行，绝粮，从者病，莫能兴。孔子讲诵弦歌不衰"。

⑤"匪兕（sì）"二句：出自《诗经·小雅·何草不黄》，指征夫不是兕也不是虎，却在旷野上奔跑不停。匪，通"非"。兕，古书上所说的雌犀牛。

⑥宰：这里指家臣。

⑦管、蔡：即管叔和蔡叔，都是周公之弟。

⑧上下：这里指相互讨论。

⑨礼部：六部之一，主管礼制、科举、学校等事情。宋代进士科试由尚书省礼部主持，称为"省试"。

⑩左右：指欧阳修、梅尧臣身边亲近的人。

⑪先容：先加以雕饰，引申为替他人推荐。

⑫属：通"嘱"，托付。

【赏读】

嘉祐二年（1057）苏轼在礼部考试中得到第二名，循例要向所有考官分别写感谢信，当时的主考官为欧阳修，参评官为梅尧臣。苏轼写了《谢欧阳内翰书》《上梅直讲书》表达自己对欧阳修、梅尧臣的感激之情。本文属于苏轼早期的佳作，入选《古文观止》。

本文围绕知己相乐的观点，层层铺展，前后呼应。分为两个部分：第一部分先援引史实说明虽周公、孔子这样的圣贤也会有困厄不遇之时，感慨周公虽富贵而有管蔡之流言、召公之疑虑，不如孔子虽贫贱而得天下贤才，其乐无穷。此处是暗以孔子比欧梅，以孔门弟子自况，说明富贵不足重，而师徒以道相乐才是人间至乐。第二部分则直叙自己早有仰慕欧阳修、梅尧臣之心而终于受到他们的赏识和提拔，叙述被识拔的经过，娓娓而谈，感情真挚，表达自己的感激与喜悦之情。最后赞扬梅尧臣之为人，写梅公虽官非显通却自处坦然，颂扬梅公有超乎世俗的快乐。

综观全文，作者从士遇知己而乐的角度立论，通篇以"乐"字为纲，用"乐"字呼应。由孔子师徒的相知之乐，写到欧梅的"自乐其乐"，转到自身受知遇之乐，又到梅公必"乐乎斯道"，既表现了对梅尧臣的仰慕推尊，又蕴含着自己高远的抱负。行文起伏跌宕，舒卷自如，文笔摇曳而生姿。

沈德潜《唐宋八大家文读本》云："见富贵不足重，而师友以道相乐，乃人间之至乐也。周公、孔、颜，凭空发论；以下层次照应，空灵飘洒。东坡文之以韵胜者。"

贺欧阳少师^①致仕^②启

伏审抗章^③得谢，释位言还。天眷虽隆，莫夺已行之志；士流太息，共高难继之风。凡在庀麻^④，共增庆慰。伏以怀安天下之公患，去就君子之所难。世靡不知，人更相笑。而道不胜欲，私于为身。君臣之恩，系縻^⑤之于前；妻子之计，推挽之于后。至于山林之士，犹有降志于垂老；而况庙堂之旧，欲使辞禄于当年？有其言而无其心，有其心而无其决。愚智共蔽，古今一途。是以用舍行藏^⑥，仲尼独许于颜子；存亡进退，《周易》不及于贤人。自非智足以周知，仁足以自爱，道足以忘物之得丧，志足以一气之盛衰。则孰能见几^⑦祸福之先，脱屣^⑧尘垢之外。常恐兹世，不见其人。

伏惟致政观文^⑨少师，全德难名，巨材不器^⑩。事业三朝^⑪之望，文章百世之师。功存社稷，而人不知。躬履艰难，而节乃见。纵使耄期笃老，犹当就见质疑。而乃力辞于未及之年，退托以不能而止。大勇若怯，

贺欧阳少师①致仕②启

伏审抗章③得谢，释位言还。天眷虽隆，莫夺已行之志；士流太息，共高难继之风。凡在庀麻④，共增庆慰。伏以怀安天下之公患，去就君子之所难。世靡不知，人更相笑。而道不胜欲，私于为身。君臣之恩，系縻⑤之于前；妻子之计，推挽之于后。至于山林之士，犹有降志于垂老；而况庙堂之旧，欲使辞禄于当年？有其言而无其心，有其心而无其决。愚智共蔽，古今一途。是以用舍行藏⑥，仲尼独许于颜子；存亡进退，《周易》不及于贤人。自非智足以周知，仁足以自爱，道足以忘物之得丧，志足以一气之盛衰。则孰能见几⑦祸福之先，脱屣⑧尘垢之外。常恐兹世，不见其人。

伏惟致政观文⑨少师，全德难名，巨材不器⑩。事业三朝⑪之望，文章百世之师。功存社稷，而人不知。躬履艰难，而节乃见。纵使耄期笃老，犹当就见质疑。而乃力辞于未及之年，退托以不能而止。大勇若怯，

大智如愚。至贵无轩冕而荣，至仁不导引^⑫而寿。较其所得，孰与昔多。轼受知最深，闻道有自。虽外为天下惜老成之去，而私喜明哲得保身之全。伏暑向阑，台候^⑬何似。伏冀为时自重，少慰舆情。

【注释】

①欧阳少师：即欧阳修，以观文殿学士、太子少师致仕。

②致仕：指交还官职，辞官。

③抗章：呈给皇帝的奏章。

④庇庥（bì xiū）：荫庇，庇护。

⑤系縻（mí）：羁留，牵缠。文中为"放置"之意。

⑥用舍行藏：被任用就积极去做，不被任用就隐退。《论语·述而》："子谓颜渊曰：'用之则行，舍之则藏，惟我与尔有是夫。'"下文颜子即颜渊，名回，字子渊。

⑦见几：从事物细微的变化中预见其先兆。

⑧脱屣：比喻看得很轻，无所顾恋，犹如脱掉鞋子。屣，鞋子。

⑨致政观文：欧阳修致仕前为观文殿学士。

⑩器：器重，重视。

⑪三朝：指欧阳修历仕仁宗、英宗、神宗三朝。

⑫导引：导引气体。指古代医家、道家的养生术。

⑬台候：敬辞，用于问候对方寒暖起居。

【赏读】

本文写于熙宁四年（1071），时年六十五岁的欧阳修因与王安石政见不和，累章告老，终以观文殿学士、太子少师致仕，退居颍州。同年，苏轼上书谈论新法的弊病，这令主张变法的宰相王安石十分愤怒。最终，苏轼为躲避政治灾祸，请求出京任职，于是在熙宁四年六月被派往杭州任通判。离京赴任途中，苏轼到颍州拜谒昔日恩师欧阳修，遂作此篇。

该文虽为骈体，读来却觉得有古文之风，既明白晓畅，又潇洒自然。字里行间虽是为天下叹息身为老成大臣的欧阳修的离开，更深的意思则在为欧阳修明哲保身而喜。他在《跋欧阳文忠公书》一文中曾称："况于致仕而归，脱冠佩，访林泉，顾平生一无可惧者，其乐岂可胜言哉！余出入文忠门最久，故见其欲释位归田，可谓切矣。"对欧阳修之贺，未尝没有暗含自己对隐逸的向往。

《唐宋八大家文钞》有评曰："欧阳公致政，为当时群小谗构，故见几而去耳。公此启和平温厚，婉转曲折。写欧公进退合道，至末始言其明哲保身，可谓措辞有体。"

与鲜于子骏①三首（之二）

忝厚眷，不敢用启状②，必不深讶。所惠诗文，皆萧然有远古风味③，然此风之亡也久矣，欲求合世俗之耳目，则疏矣。但时独于闲处开看，未尝以示人，盖知爱之者绝少也。

所索拙诗，岂敢措手④！然不可不作，特未暇耳。近却颇作小词，虽无柳七郎⑤风味，亦自是一家。呵呵。数日前猎于郊外，所获颇多。作得一阕⑥，令东州⑦壮士抵掌顿足而歌之，吹笛击鼓以为节，颇壮观也。写呈取笑。

【注释】

①鲜于子骏：即鲜于侁，字子骏，阆州（今属四川）人，为官清正，也曾反对王安石变法。精于经术，长于楚辞。

②忝厚眷，不敢用启状：正式的"书启"体，较庄重，此处给鲜于侁的信是书简体，较为随便，故先致歉

意。忝，辱、有愧于。谦辞。

③"所惠"二句：鲜于优长于楚辞，曾作《楚辞·九诵》寄给苏轼。苏轼在《书鲜于子骏楚辞后》中给以很高评价"此声之不作也久矣"，"今子骏独行吟坐思，寤寐于千载之上，追古屈原、宋玉，友其人于冥寞，续微学之将坠。可谓至矣。而览者不知其贵，盖亦无足怪者"。据此，可知此次所寄诗文，亦必体气高古。

④措手：着手，此言不敢随便动手下笔。韩愈《进撰平淮西碑文表》："非其所任，为愧为恐，经涉旬月，不敢措手。"

⑤柳七郎：即柳永，北宋词人，原名三变，字耆卿，因排行老七，又称柳七，崇安（今福建武夷山）人。柳永精通音律，创作了大量慢词，是婉约派代表人物。

⑥一阕：乐曲终止叫阕，因此称一曲为一阕。此处所指即在密州所作的《江城子·密州出猎》。

⑦东州：即密州。

【赏读】

熙宁七年（1074），苏轼因为苏辙在济南任职的缘故，申请由杭州通判移知密州。他在密州创作了著名的词作《江城子·密州出猎》。

在密州的这段时间，苏轼的词作趋于成熟，他不满足前人词的成就，独辟蹊径，由此冲破了自唐五代以来专写男女恋情、离情别恨的词风。把词的题材扩展到政治理想、农村风光等各个方面，提高了词的意境，使词摆脱了乐曲的束缚，成为独立发展的文体。在给鲜于侁的信中，苏轼称"近却颇作小词，虽无柳七郎风味，亦自是一家"，自得之意，跃然纸上。由此可见，苏轼虽然是豪放词的开派人物，但他并不轻视婉约词。他曾说："世言柳耆卿曲俗，非也。如《八声甘州》云：'霜风凄紧，关河冷落，残照当楼。'此语于诗句，不减唐人高处。"甚至由自己写的《江城子·密州出猎》得出"自是一家"的见解，以能和柳永相比而开心。最后几句，则于词外展现出当年唱词的气势来。

答黄鲁直①书

轼顿首再拜鲁直教授②长官足下。轼始见足下诗文于孙莘老③之坐上，耸然异之，以为非今世之人也！莘老言："此人，人知之者尚少，子可为称扬其名。"轼笑曰："此人如精金美玉，不即人而人即之，将逃名而不可得，何以我称扬为？"然观其文以求其为人，必轻外物而自重者，今之君子莫能用也。

其后过④李公择⑤于济南，则见足下之诗文愈多，而得其为人益详，意其超逸绝尘，独立万物之表，驭风骑气，以与造物者游，非独今世之君子所不能用，虽如轼之放浪自弃，与世阔疏者，亦莫得而友也。

今者辱书词累幅，执礼恭甚，如见所畏者，何哉？轼方以此求交于足下，而惧其不可得，岂意得此于足下乎？喜愧之怀，殆不可胜。然自入夏以来，家人辈更卧病，匆匆至今，裁答⑥甚缓，想未深讶也。

古风二首⑦，托物引类，真得古诗人之风，而轼非其人也。聊复次韵，以为一笑。秋暑，不审起居何如？

未由会见，万万以时自重。

【注释】

①黄鲁直：即黄庭坚，字鲁直，号山谷道人，晚号涪翁，洪州分宁（今江西修水）人。北宋著名文学家、书法家，为盛极一时的江西诗派开山之祖。与张耒、晁补之、秦观游学于苏轼门下，合称为"苏门四学士"。生前与苏轼齐名，世称"苏黄"。

②教授：时黄庭坚任大名府国子监教授。

③孙莘老：即孙觉，字莘老，黄庭坚的岳父，是苏轼好友。

④过：造访。

⑤李公择：即李常，字公择，黄庭坚的舅舅。

⑥裁答：作书答复，即回信。

⑦古风二首：指黄庭坚呈寄苏轼的《古诗二首上苏子瞻》。

【赏读】

宋神宗元丰元年（1078），时为国子监教授的黄庭坚致信徐州知州苏轼，并附《古风》二首，表达了对苏轼的景仰倾慕之情，苏轼次韵奉和，并写了这封书信。

从信中可知，熙宁五年（1072）十二月苏轼至湖州，从湖州知州孙觉那里看到了黄庭坚的诗文，从苏轼《将之湖州戏赠莘老》《再用前韵寄莘老》等诗中也可以略知一二。熙宁十年（1077），苏轼在赴徐州任上途经济南，在李公择处见到更多黄庭坚的墨宝，"而得其为人益详"。此信中，苏轼对黄庭坚的才华、人品都给予了高度评价，《宋史·黄庭坚传》云："苏轼尝见其诗文，以为超轶绝尘，独立万物之表，世久无此作，由是声名始震。"

此后，"乌台诗案"祸及黄庭坚，二人的交往并没有因此而断绝，反倒越走越近。黄庭坚在馆阁供职期间，"与翰林学士苏公子瞻游最密，赋诗或无辍"。从元丰八年（1085）到元祐四年（1089）四月苏轼再次出走杭州，这几年间是苏轼与黄庭坚过从甚密的岁月，二人留下唱和诗篇达四十余篇，在文学创作中互相影响。而对于黄庭坚自己而言，他推崇苏轼，处处学苏轼，在诗、词、文、书法等方面都取得了不凡的成就，因此得以和苏轼并称为"苏黄"。千古以来，能够最终将自己修炼成与自己偶像齐名的人，大概也只有黄庭坚了吧。

答秦太虚^①书

　　轼启：五月末，舍弟^②来，得手书劳问甚厚，日欲裁谢，因循至今，递中复辱教，感愧益甚。比日履兹初寒^③，起居何如。轼寓居粗遣，但舍弟初到筠州^④，即丧一女子，而轼亦丧一老乳母^⑤。悼念未衰，又得乡信，堂兄中舍^⑥九月中逝去。异乡衰病，触目凄感，念人命脆弱如此。又承见喻，中间得疾不轻，且喜复健。

　　吾侪^⑦渐衰，不可复作少年调度，当速用道书方士之言，厚自养炼。谪居无事，颇窥其一二。已借得本州天庆观道堂三间，冬至后当入此室，四十九日乃出，自非废放^⑧，安得就此。太虚他日一为仕宦所縻，欲求四十九日闲，岂可复得耶？当及今为之。但择平时所谓简要易行者，日夜为之，寝食之外，不治他事，但满此期，根本立矣。此后纵复出从人事，事已则心返，自不能废矣。此书到日，恐已不及，然亦不须用冬至也。

　　寄示诗文，皆超然胜绝，骎骎^⑨焉来逼人矣。如我

答秦太虚[①]书

　　轼启：五月末，舍弟[②]来，得手书劳问甚厚，日欲裁谢，因循至今，递中复辱教，感愧益甚。比日履兹初寒[③]，起居何如。轼寓居粗遣，但舍弟初到筠州[④]，即丧一女子，而轼亦丧一老乳母[⑤]。悼念未衰，又得乡信，堂兄中舍[⑥]九月中逝去。异乡衰病，触目凄感，念人命脆弱如此。又承见喻，中间得疾不轻，且喜复健。

　　吾侪[⑦]渐衰，不可复作少年调度，当速用道书方士之言，厚自养炼。谪居无事，颇窥其一二。已借得本州天庆观道堂三间，冬至后当入此室，四十九日乃出，自非废放[⑧]，安得就此。太虚他日一为仕宦所縻，欲求四十九日闲，岂可复得耶？当及今为之。但择平时所谓简要易行者，日夜为之，寝食之外，不治他事，但满此期，根本立矣。此后纵复出从人事，事已则心返，自不能废矣。此书到日，恐已不及，然亦不须用冬至也。

　　寄示诗文，皆超然胜绝，骎骎[⑨]焉来逼人矣。如我

辈，亦不劳逼也。太虚未免求禄仕，方应举求之，应举不可必。窃为君谋，宜多著书，如所示论兵及盗贼等数篇，但似此得数十首，皆卓然有可用之实者，不须及时事也。但旋作此书，亦不可废应举。此书若成，聊复相示，当有知君者，想喻此意也。

公择⑩近过此，相聚数日，说太虚不离口。莘老未尝得书，知未暇通问。程公辟⑪须其子履中哀词，轼本自求作，今岂可食言？但得罪⑫以来，不复作文字，自持颇严，若复一作，则决坏藩墙，今后仍复衮衮⑬多言矣。

初到黄，廪入既绝，人口不少，私甚忧之。但痛自节俭，日用不得过百五十，每月朔便取四千五百钱，断为三十块，挂屋梁上，平旦用画叉挑取一块，即藏去叉，仍以大竹筒别贮用不尽者，以待宾客，此贾耘老⑭法也。度囊中尚可支一岁有余，至时，别作经画，水到渠成，不须预虑。以此，胸中都无一事。

所居对岸武昌，山水佳绝，有蜀人王生⑮在邑中，往往为风涛所隔，不能即归，则王生能为杀鸡炊黍，至数日不厌。又有潘生⑯者，作酒店樊口，棹小舟径至店下，村酒亦自醇酽。柑橘椑柿极多，大芋长尺余，不减蜀中。外县米斗二十，有水路可致。羊肉如北方，猪、牛、獐、鹿如土，鱼、蟹不论钱。岐亭监酒⑰胡定之⑱，载书万卷随行，喜借人看。黄州曹官数人，皆家善庖馔，喜作会。太虚视此数事，吾事岂不既济⑲矣乎！欲与太虚言者无穷，但纸尽耳。展读至此，想见掀髯一笑也。

　　子骏固吾所畏，其子亦可喜，曾与相见否？此中有黄冈少府⑳张舜臣者，其兄尧臣，皆云与太虚相熟。儿子每蒙批问㉑，适会葬老乳母，今勾当作坟，未暇拜书。岁晚苦寒，惟万万自重。李端叔㉒一书㉓，托为达之。夜中微被酒，书不成字，不罪！不罪！不宣。轼再拜。

【注释】

　　①秦太虚：即北宋杰出词人秦观，字太虚，后改字少游，高邮（今江苏高邮）人，元丰八年（1085）进士及第，为苏门四学士之一。元丰元年（1078）谒苏轼于徐州，元祐二年（1087）因苏轼之荐任太学博士。此书作于元丰三年（1080）冬苏轼贬居黄州期间，时秦观尚未登第。

　　②舍弟：指苏辙。元丰三年（1080）五月末，苏辙护送苏轼家属至黄州。

　　③履兹初寒：进入今年的初寒天气，苏轼写信时已是初冬。履，踏入、经受。

　　④筠（jūn）州：治今江西高安。因受"乌台诗案"

牵连，元丰三年（1080）苏辙被贬监筠州盐酒税。

⑤老乳母：苏轼的乳母于元丰三年（1080）八月卒于黄州临皋亭寓所，苏轼撰有《乳母任氏墓志铭》。

⑥堂兄中舍：指苏轼堂兄苏不疑，曾官太子中舍，元丰三年（1080）九月卒于成都。

⑦吾侪（chái）：同辈，我们这一辈人。

⑧废放：废官远放，指贬官黄州。

⑨亹（wěi）亹：指诗文或谈论动人，有吸引力，使人不知疲倦。钟嵘《诗品》："词采葱蒨，音韵铿锵，使人味之亹亹不倦。"

⑩公择：即李公择，他在元丰三年（1080）十月由舒州至黄州探望苏轼。

⑪程公辟：程师孟，字公辟，吴县（今江苏苏州）人，时任越州知州，苏轼友人曾请苏轼为其子履中写哀词。

⑫得罪：指因"乌台诗案"系狱及被贬。经过这场文字狱后，苏轼限令自己不再作诗文。

⑬衮衮：说话滔滔不绝的样子。

⑭贾耘老：即贾收，乌程（今浙江湖州南）人，苏轼之友，家贫。

⑮王生：王齐愈，字文甫。时与弟王齐万居武昌东湖，常同苏轼往来。

⑯潘生：潘大临，在樊口开了个小酒店，与苏轼为友。

⑰岐亭监酒：岐亭监督造酒的官吏。岐亭，镇名，在黄州之北，今湖北麻城境内。

⑱胡定之：黄州人，时任岐亭监酒。

⑲既济：本《易经》卦名，此借指事情均已得到圆满解决，生活过得很惬意。

⑳黄冈少府：黄冈县尉，少府是县尉的别称。

㉑儿子每蒙批问：秦太虚来信问到苏轼的儿子，所以回信这么说。儿子，当指苏轼长子苏迈。

㉒李端叔：即李之仪，字端叔，号姑溪居士，沧州无棣（今山东沧州）人，是苏轼好友。

㉓一书：指《答李端叔书》。

【赏读】

　　本文是元丰三年（1080）冬天苏轼贬居黄州时写给秦观的信，全篇口吻平直亲切，写出了作者当时的心境和生活状况，以告慰友人的关心。信之动人，莫过于写及家常琐事，这封信的感人之处正在于此，也因此成为苏轼书信中的名篇之一。

　　秦观与黄庭坚、晁补之和张耒合称为"苏门四学士"。秦观与苏轼的相识说来有趣，秦观二十六岁的时候，想要从扬州去拜谒苏轼未果，恰好苏轼从杭州转知密州、途经扬州，秦观模仿苏轼的口气和笔迹题诗于扬州某寺，苏轼读到后大惊，从此成为神交。过了三年，苏轼在徐州任上，二人相见，由此成为朋友。

苏轼因"乌台诗案"被贬黄州，于元丰三年（1080）年初到黄州任所，五月，其弟苏辙护苏轼家人至黄州团聚。秦观托苏辙给苏轼捎来一封信，不久，秦观又由驿车给苏轼寄来一封信。于是，苏轼回复了这封表面轻松实则感慨系之的书信。书信开头尽述"异乡衰病，触目凄感"，可见作者在谪居中遭遇的种种不幸。然而在随后的叙述中，他向对方倾谈黄州的山水、与居民的友谊、当地的物产、饮馔等等，虽生活清苦，连遭痛失亲人的打击，但他仍然自得其乐，入道观养炼，与山水为伴，与友人同乐，其安之若素的豪情令人肃然起敬。正如黄震《黄氏日抄》中所说："在黄州挂钱梁上，日用百五十钱之法。武昌山水绝佳，食物多贱。人情相与之乐，善处困者也。"在苏轼的笔下，政治的灾难、失去亲人的伤痛、身体渐衰的无奈、生活的困窘，都化成了日常生活间的自足与欣然，实在难得。

茅坤《苏文忠公文钞》批点曰："此等书并长公随手淋漓者，却自潇洒脱俗可爱。"陈天定《古今小品》云："琐琐散散，叙来自成佳致。"

与章子厚^①

某启：仆居东坡，作陂种稻。有田五十亩，身耕妻蚕，聊以卒岁。昨日一牛病几死，牛医不识其状，而老妻识之，曰："此牛发豆斑疮^②也，法当以青蒿^③粥啖之。"用其言而效。勿谓仆谪居之后，一向便作村舍翁，老妻犹解接黑牡丹也。

言此发公千里一笑。

【注释】

①章子厚：章惇，字子厚，号大涤翁。北宋中期政治家、改革家，王安石变法派的中坚分子。

②豆斑疮：形如豆斑的疮。

③青蒿（hāo）：植物名，菊科艾属，多年生草本。可以入药。

【赏读】

本文作于苏轼被贬黄州期间，"身耕妻蚕，聊以卒

岁"，他躬耕东坡，挖塘种稻，妻子养蚕织布，竟然还能
为耕牛治病。他以此自得，并写信告诉千里之外的朋友。
文中称妻子王闰之为老妻，一个"老"字，道出他对妻
子的倚重与亲昵。

王闰之是苏轼第二任妻子，与苏轼共同生活了二十
五年，这段时期内，苏轼经历"乌台诗案"，被贬黄州，
又被启用，官至"副宰相"，她陪着苏轼经历宦海的大起
大落，艰难时能安于忧患，富贵时亦淡然处之。正如苏
辙为她写的祭文《祭亡嫂王氏文》所说："贫富戚忻，观
者尽惊，嫂居期间，不改色生。冠服肴蔬，率从其先。
性固有之，非学而然。"

她去世后，苏轼为她举行了隆重的葬礼，并亲自写
了祭文《祭亡妻同安郡君文》："妇职既修，母仪甚敦。
三子如一，爱出于天。从我南行，菽水欣然。汤沐
两郡，喜不见颜。我曰归哉，行返丘园。曾不少须，弃
我而先。孰迎我门，孰馈我田。已矣奈何，泪尽目干。
旅殡国门，我实少恩。惟有同穴，尚蹈此言。呜呼哀
哉！"追念她在自己坎坷人生中悉心的陪伴，感谢她对
长子苏迈视同己出的照顾，表达了与她"惟有同穴"
的愿望。此后，王闰之的灵柩一直停放在京西的寺院
里。建中靖国元年（1101）苏轼去世，留下遗嘱葬汝
州郏城县（今河南郏县）。次年，其子遵嘱将父亲灵柩

运至郏城县安葬，然后，又将王闰之的灵柩从京师迁往汝州，与苏轼合葬，实现了"惟有同穴，尚蹈此言"的遗愿。

与佛印①禅老书

　　轼启：归宗②化主来，辱书，方欲裁谢，栖贤迁师③处又领手教④，眷与益勤，感怍无量。数日大热，缅想山门方适清和，法体安稳。云居事迹⑤已领，冠世绝境，大士所庐，已难下笔，而龙君笔势，已自超然，老拙何以加之。幸稍宽假，使得款曲抒思也。昔人一涉世事，便为山灵勒回俗驾，今仆蒙犯尘垢，垂三十年，困而后知返，岂敢便点涴⑥名山！而山中高人皆未相识，而迎许之，何以得此，岂非宿缘也哉。向热，顺时自爱。不宣。轼再拜。

【注释】

　　①佛印：宋代名僧，字觉老，名了元。宋神宗仰其道风，赐号"佛印禅师"。

　　②归宗：庐山归宗寺，此处指归宗寺住持和尚。

　　③栖贤迁师：庐山栖贤寺智迁禅师。《五灯会元》载其事称："庐山栖贤智迁禅师。僧问：'一问一答，尽是

建化门庭。'"

④手教：即手书，对来信的敬称。

⑤云居事迹：《舆地纪胜·南康军》记载："云居山在建昌，乃欧岌得道之处。或以山尝出云，故曰云居山。俗谓天上云居，地下归宗。"此处仍是赞佛印之语。

⑥点涴（wò）：玷污。涴，污、弄脏。

【赏读】

苏轼被贬黄州期间，开始倾心于佛老思想，曾去庐山等地参拜寺庙，还与佛印等禅师结为好友。佛印禅师与苏轼过从甚密，两人应酬文字很多，南宋时就出现了题为苏轼撰的《东坡居士佛印禅师语录问答》，所记皆为苏轼与佛印禅师往复之语。

本文是苏轼给佛印的一封回信，大概是佛印禅师信中想请苏轼为云居山题字，故而苏轼回信道："云居事迹已领，冠世绝境，大士所庐，已难下笔，而龙君笔势，已自超然，老拙何以加之。"

信中提到的"云居山"，位于九江永修县，是中国著名佛教名山，山上的真如禅寺是佛教禅宗曹洞宗的发祥地，佛印禅师曾为真如禅寺住持。居山中进入真如禅寺的通道碧溪桥，为佛印禅师所建，也叫佛印桥。苏轼与佛印常在此附近游览、谈心，苏轼还曾留下《游云居》

诗："一行行到赵州关，怪底山头更有山。一片楼台耸天上，数声钟鼓落人间。瀑花飞雪侵僧眼，岩穴流光映佛颜。欲与白云论心事，碧溪桥下水潺潺。"

答参寥①书

　　某启：去岁仓卒离湖②，亦以不一别太虚③、参寥为恨。留语与僧官，不识能道否？到黄已半年，朋游常少，思念二公不去心。懒且无便，故不奏书。远承差人致问，殷勤累幅，所以开谕奖勉者至矣。仆罪大责轻，谪居以来，杜门念咎而已。虽平生亲识，亦断往还，理故宜尔。而释、老数公，乃复千里致问，情义之厚，有加于平日，以此知道德高风，果在世外也。

　　见寄数诗及近编诗集，详味，洒然如接清颜听软语也。比已焚笔砚，断作诗，故无缘属和，然时复一开以慰孤寂，幸甚！笔力愈老健清熟，过于向之所见，此于至道，殊不相妨，何为废之耶？当更磨揉以追配彭泽④。未间⑤，自爱。不宣。

【注释】

　　①参寥：即参寥子，北宋诗僧道潜。杭州於潜（今

属浙江杭州）。能文，尤工诗，为苏轼所称誉。

②去岁仓卒离湖：元丰二年（1079）七月，时任湖州知州的苏轼，因所作诗被认为讥讽朝廷，被御史台属吏逮捕，离开湖州。

③太虚：即秦观，字太虚。

④追配彭泽：与陶渊明并肩。陶渊明，东晋大诗人，曾任彭泽令。

⑤未间：书信中习用语，指未相见期间，别后。

【赏读】

本文是苏轼给参寥子的一封回信，作于元丰三年（1080），时苏轼谪居黄州。

苏轼与参寥子交往将近二十余年，建立了深厚的友谊。熙宁四年（1071）苏轼到杭州任通判，那时开始与道潜结识。熙宁十年（1077），苏轼到徐州（古称彭城）任知州，道潜专程从余杭前往拜访，并作诗《访彭门太守苏子瞻学士》，从此二人诗歌唱和，谈佛说理，成为莫逆之交。元丰二年（1079）五月，苏轼从徐州调到湖州任太守，道潜曾与秦观（字太虚）一同前去探望。他们三人共游惠山、松江等地，留下了不少游记诗。元丰二年（1079）苏轼因"乌台诗案"被贬为黄州团练副使。苏轼在黄州的处境十分艰难，为了避免言多有失，他只是参禅论道，不再作诗文，也很少与人交往。这段时间，道潜十分关心苏轼，曾经遣人到黄州致以问候，予以劝慰。苏轼很是感动，在给道潜的信中感慨道潜的"情义之厚""道德高风"。并对道潜寄赠的诗集给予了很高的评价。元丰六年（1083）三月，参寥子不远数千里到黄州看望苏轼，住在东坡雪堂，陪伴苏轼一年时间。苏轼《〈参寥泉铭〉序》说："余谪黄州，参寥子不远数千里从余于东城，留期年。尝与同游武昌之西山，梦相与赋诗，有'寒食清明''石泉槐火'之句。"

元祐四年（1089），苏轼再次知杭州，此时道潜在地处西湖畔的智果精院任住持，两人再度相会，过从甚密。元祐六年（1091），苏轼由杭州太守被召为翰林学士承旨，离杭时写了一首《八声甘州》赠给参寥子，深情地说："算诗人相得，如我与君稀。约它年、东还海道，愿谢公雅志莫相违。"此后苏轼贬居黄州、惠州、儋州，道潜始终牵挂惦念，更为情深义重。

苏轼与道潜，一个是习佛的士大夫，一个是工诗的僧人，他们亦师亦友，互相理解，也互相欣赏。苏轼曾作《参寥子真赞》，描述道潜的个性特征，有五个令人"不可晓者"，即："身寒而道富，辩于文而讷于口，外尫柔而中健武。与人无竞，而好刺讥朋友之过。枯形灰心，而喜为感时玩物不能忘情之语。"描述了一个有富有感情的活生生的诗僧形象。道潜对苏轼既有敬仰之情,也有师生之谊,苏轼去世后,他写下《东坡先生挽词》,详细叙述苏轼一生的政绩,其深情让人动容。

上荆公①书

　　某顿首再拜特进大观文②相公执事。某近者经由③，屡获请见；存抚教诲，恩意甚厚。别来切计台候万福。

　　轼始欲买田金陵，庶几得陪杖屦④，老于钟山⑤之下。既已不遂，今仪真⑥一在，又已二十日，日以求田为事，然成否未可知也。若幸而成，扁舟往来，见公不难矣。

　　向屡言高邮进士秦观太虚，公亦粗知其人。今得其诗文数十首，拜呈。词格高下，固无以逃于左右，独其行义修饬⑦，才敏过人，有志于忠义者，其请以身任之。此外，博综史传，通晓佛书，讲习医药，明练法律，若此类，未易以一一数也。才难之叹，古今共之；如观等辈，实不易得。愿公少借齿牙，使增重于世，其他无所望也。

　　秋气日佳，微恙颇已失去否？伏冀自重。不宣。

【注释】

①荆公：即王安石，字介甫，号半山，封荆国公，世人又称王荆公。北宋著名政治家、文学家。

②大观文：王安石时任观文殿大学士，故称。

③近者经由：指苏轼贬黄州，又移官汝州，经金陵（今江苏南京）赴任。

④杖屦：年长者拄杖而行，故为长者的敬称。此处代指晚年的王安石。

⑤钟山：即紫金山，位于金陵北郊，王安石晚年居住地。

⑥仪真：县名，在今江苏省中部偏西，治今江苏仪征市。

⑦修饬：整治，这里指道德谨慎嘉美。

【赏读】

元丰七年（1084）苏轼离开黄州，奉诏赴汝州就任。赴汝州途中，绕道金陵拜谒王安石。此时，王安石已被免去了丞相职务，退隐金陵半闲堂。王安石和苏轼因政治立场不同，曾经有过尖锐的矛盾，如今，一个已闲居多年，一个正连遭谪贬，二人惺惺相惜，尽释前嫌，连日诗酒唱和，相得甚欢。《王荆公年谱考略》云："两公名贤，相逢胜地，歌咏篇章，文采风流。"

　　金陵相会之后，苏轼到达仪真，写了这封信。信中首先表达了想与王安石一同老于金陵的愿望，所谓"买田金陵"，仪真"求田为事"，都是为了"扁舟往来，见公不难"，可见苏轼其情之切。这封信的最终目的其实是为了推荐秦观，秦观被称为"古之伤心人"，才华甚高却又仕途不遇。熙宁十年（1077），苏轼在徐州任知州，秦观前往拜谒并写诗句"我独不愿万户侯，惟愿一识苏徐州"。次年应苏轼之请写了一篇《黄楼赋》，苏轼称赞他"有屈宋之才"，可见对其欣赏、推重。但是秦观却一直科考不中，所以苏轼将秦观诗文寄赠王安石并附信，推崇赞赏之意，溢于字里行间。希望借王安石之口，为秦观延誉，"使增重于世"。王安石收到后，果然十分重视，捧读秦观的诗文，爱不释手。给苏轼回信说道："得秦君诗，手不能舍。叶致远适见，亦以为清新妩丽，与鲍、谢似之。"（王安石《回苏子瞻简》）第二年，也就是在元丰八年（1085），秦观进士及第，授定海主簿，调蔡州教授，这其中也许有王安石的引荐之功吧。

　　元祐元年（1086）四月，王安石去世，哲宗追赠其为太傅，当时任中书舍人的苏轼奉命草拟了一篇诏令，其文虽属于代拟之作，但对王安石的一生作出了准确、高度的评价，其中称"进退之美，雍容可观"。

别文甫^①、子辩^②

仆以元丰三年二月一日至黄州，时家在南都^③，独与儿子迈来，郡中无一人旧识者。时时策杖在江上，望云涛渺然，亦不知有文甫兄弟在江南也。

居十余日，有长髯者惠然见过，乃文甫之弟子辩。留语半日，云："迫寒食^④，且归东湖。"仆送之江上，微风细雨，叶舟横江而去。仆登夏隩^⑤尾高邱以望之，仿佛见舟及武昌，步乃还。尔后遂相往来，及今四周岁，相过殆百数。遂欲买田而老焉，然竟不遂。近忽量移临汝^⑥，念将复去，而后期未可必。感物凄然，有不胜怀。浮屠不三宿桑下^⑦者，有以也哉。七年三月九日。

【注释】

①文甫：即王齐愈，字文甫。

②子辩：王齐愈之弟王齐万，字子辩。

③南都：宋代时的商丘被称为南都。苏轼被贬为黄

州团练副使，带儿子苏迈赴任，家眷留在商丘。

④迫寒食：临近寒食节。寒食，节日名，在清明前一日或二日。

⑤夏隩（yù）：宋代夏竦任黄州刺史时，为了泊舟之便，在临皋驿畔开陂凿道，因有此名。隩，河岸弯曲处。

⑥量移临汝：此指从黄州调任汝州一事。量移，官吏因罪被贬至僻远之地，遇赦则酌量移近京城任职。

⑦浮屠不三宿桑下：指恐怕自己生依恋之心，与上文"感物凄然，有不胜怀"相应。本意是佛教徒不在一个地方常住，恐生依恋之心。《后汉书·襄楷传》："浮屠不三宿桑下，不欲久生恩爱，精之至也。"

【赏读】

这封信是苏轼在将要离开黄州的时候写的，信中内容的时间跨度几乎就是苏轼被贬谪黄州的整个经历，他的回望、他的不舍都在这一封短信中。

苏轼本来以为要在黄州终老，没想到"忽量移临汝"，由此想起了"浮屠不三宿桑下者"的说法。同样的表达在《别黄州》中也有过："桑下岂无三宿恋，樽前聊与一身归。"人间悲欢离合为常事，若无相爱，则彼此不生别离之苦，故而"感物凄然，有不胜怀"。

答贾耘老四首（之四）

今日舟中无他事，十指如悬棰①，适有人致嘉酒，遂独饮一杯，醺然②径醉。念贾处士贫甚，无以慰其意，乃为作怪石古木一纸，每遇饥时，辄一开看，还能饱人否？若吴兴有好事者，能为君月致米三石、酒二斗终君之世者，便以赠之。不尔者，可令双荷叶③收掌，须添丁④长，以付之也。

【注释】

①十指如悬棰：谓两手空闲，无事可做，如悬吊起的棒槌一样。

②醺然：酒醉的样子。

③双荷叶：贾耘老的侍妾。

④添丁：贾耘老儿子的名字。

【赏读】

本文是苏轼在元丰七年（1084）自黄州赴汝州途中

所作。在舟中闲来无事，"十指如悬棰"，恰巧有人送来好酒，他喝了一杯后便有微醺之感，下文便是带有醉意的调侃之语。文中借怪石、古木自喻，却说得风趣可爱。

苏轼善画墨竹和怪石古木，经常画来赠送给朋友。赠送给贾耘老的这幅画之特殊用意在于，希望贫困的他看了自己的画之后可以忘却饥饿。假若有人喜欢这幅画，能每月给你三石米、两斗酒来供你终生之所需，那就送给他好了。假如不能够这样，就让双荷叶收起来，等到贾添丁长大的时候，再交给他吧。

本篇与《怪石供》有共同的妙处，苏轼的书画在当时很受欢迎。他并不是作画卖钱为贾耘老解温饱之忧，而是以画馈赠朋友，由其自行决定画作的去处。如与《放鹤亭记》等相较，可见苏轼此时早已超越了前期对书画的热爱，更重视书画背后的情谊。苏轼类似的文章里，我们都能看到他对朋友的关照。贾耘老家贫，苏轼对他屡有赠诗，并嘱咐李公择、滕元发等对其多加照顾。

张岱《陶庵梦忆》中有"喜周贾耘老之贫""收掌付双荷叶，能月继三石米，致二斗酒，不妨持赠"等句，可视作对苏轼这篇文章的回应。

答毕仲举书

轼启：奉别忽十余年，愚瞀①顿仆②，不复自比③于朋友，不谓故人尚尔记录，远枉手教，存问甚厚，且审比来④起居佳胜，感慰不可言。罗山⑤素号善地，不应有瘴疠，岂岁时适尔。既无所失亡，而有得于齐宠辱、忘得丧者，是天相子也。

仆既以任意直前不用长者所教以触罪罟⑥，然祸福要不可推避，初不论巧拙也。黄州滨江带山，既适耳目之好，而生事百须，亦不难致，早寝晚起，又不知所谓祸福果安在哉？

偶读《战国策》，见处士颜斶之语"晚食以当肉"⑦，欣然而笑。若斶者，可谓巧于居贫者也。菜羹菽黍，差饥而食，其味与八珍等；而既饱之余，刍豢⑧满前，惟恐其不持去也。美恶在我，何与于物？

所云读佛书及合药救人二事，以为闲居之赐甚厚。佛书旧亦尝看，但暗塞不能通其妙，独时取其粗浅假说以自洗濯，若农夫之去草，旋去旋生，虽若无益，然终愈于不去也。若世之君子，所谓超然玄悟者，仆不识也。

往时陈述古⑨好论禅，自以为至矣，而鄙仆所言为浅陋。仆尝语述古："公之所谈，譬之饮食龙肉也，而仆之所学，猪肉也，猪之与龙，则有间矣。然公终日说龙肉，不如仆之食猪肉实美而真饱也。"不知君所得于佛书者果何耶？为出生死、超三乘⑩，遂作佛乎？抑尚与仆辈俯仰⑪也？学佛老者，本期于静而达，静似懒，达似放，学者或未至其所期，而先得其所似，不为无害。仆常以此自疑，故亦以为献。

来书云："处世得安稳无病，粗衣饱饭，不造冤业⑫，乃为至足。"三复斯言⑬，感叹无穷。世人所作，举足动念，无非是业⑭，不必刑杀无罪，取非其有，然后为冤业也。无缘面论，以当一笑而已。

【注释】

①愚瞽（gǔ）：愚钝而昧于事理，多用于自谦。瞽，盲人。

②顿仆：跌倒，形容受打击而困顿，指获罪被贬。

③比：接近。这里是指不敢与朋友亲近。

④比来：指近来、近时。

⑤罗山：今河南罗山县。当时毕仲举兄毕仲游任罗

山令，毕仲举随兄居于罗山。

⑥触罪罟（gǔ）：触犯了法律。罟，打鱼的网，引申为法网。《诗经·小雅·小明》有"畏此罪罟"。

⑦"见处士"句：颜斶（chú），战国时齐国隐士，事见《战国策·齐策四》，有名句"晚食以当肉，安步以当车，无罪以当贵，清静贞正以自虞"。晚食以当肉，意思是饥饿时，吃什么都像吃肉。

⑧刍豢（huàn）：指牛、羊、猪、狗等牲畜，泛指肉类食品。

⑨陈述古：陈襄，福州侯官（今福建福州）人，字述古，曾知常州、陈州、杭州等地。他在杭州任知府时，苏轼为通判。

⑩三乘（shèng）：佛教名词，指三种能使人获得证悟、息灭烦恼的途径，即声闻乘、独觉乘、菩萨乘。

⑪俯仰：此指应付、周旋。

⑫冤业：佛教用语，相当于"罪过"。

⑬三复斯言：反复诵读这句话。

⑭业：佛教名词，业报指善行、恶行的报应。

【赏读】

苏轼一生广交朋友，其与毕仲举的交往虽然不算频繁，但两人对彼此的人生道路都有着重要的影响。这封信作于苏轼居黄州时，毕仲举与兄毕仲游都是苏轼的朋友，当时二人皆在罗山。毕仲举致信苏轼，劝其读佛书自遣，后来毕仲游亦曾诫其勿以文字招祸，可见二人对苏轼的境况都十分关心。

对于佛学这样高深玄妙的问题，苏轼的答复却非常生动活泼，诙谐幽默，完全是朋友之间互相调侃的样子。他连续举了两个有关"吃"的例子来说明：一个是"晚食以当肉"，用来说明要"美恶在我"；一个是与其谈吃龙肉不如真实地吃猪肉，既用以自谦又风趣之至，用来说明学佛不要好高骛远。

在《黄州安国寺记》中，苏轼称自己"闭门却扫，收召魂魄，退伏思念，求所以自新之方"，屏蔽与外界的联系，以求改造自己。本文中，苏轼通过学佛"期于静而达"，从文风来看，此时的他心境已渐趋平和。

与子由弟四首（之四）

　　惠州市井寥落，然犹日杀一羊，不敢与仕者争买，时嘱屠者买其脊骨耳。骨间亦有微肉，熟煮热漉出[1]，（不乘热出，则抱水不干。）渍酒中，点薄盐、炙微燋[2]食之。终日抉[3]剔，得铢两[4]于肯綮[5]之间，意甚喜之，如食蟹螯。率数日辄一食，甚觉有补。子由三年食堂庖[6]，所食刍豢，没齿而不得骨，岂复知此味乎？戏书此纸遗之，虽戏语，实可施用也。然此说行，则众狗不悦矣。

【注释】

　　①热漉出：把羊肉趁热捞出，滤干。

　　②燋：通"焦"。

　　③抉（jué）：剔出。

　　④铢两：比喻极细微、轻微。

　　⑤肯綮（qǐng）：筋骨结合的地方，比喻最重要的关键。

　　⑥堂庖：富贵大户的厨房。

【赏读】

读苏轼的诗文，会发现他的笔下写过许多食物，他讲究吃，又善于去发现食物中的美，这表明他对世俗生活的热爱，这种热爱有烟火气，有尘世气。宋时人喜食羊肉，即使在当时显得蛮荒的地方——惠州，寥落的市场上每天也要杀一只羊，然而苏轼被贬于此，生活拮据，自然无钱购买羊肉。

喜欢美食的苏轼却不甘心，从屠夫那里买来羊脊骨煮熟，剔肉而食，食用方法类似于今天的"羊蝎子"。尤为有趣的是"终日抉剔，得铢两于肯綮之间，意甚喜之"，虽然用整天的时间来剔肉，所得到的肉也是极少的，却觉得甚为可喜，几乎能够与食蟹螯相比。苏轼觉得可喜的事情，自然又要与苏辙分享，他认为这是尚在庙堂之中的苏辙体会不到的美味。

最能体现苏轼性情的则在最后的"然此说行，则众狗不悦矣"，倘若此法得以施行，恐怕狗就不开心了，因为人已经把骨头上能吃的肉都吃了，它们就吃不上肉了。

与子由书^①

　　古之诗人，有拟古^②之作矣，未有追和^③古人者也。追和古人，则始于东坡。吾于诗人，无所甚好，独好渊明之诗。渊明作诗不多，然其诗质而实绮，癯^④而实腴，自曹、刘、鲍、谢、李、杜诸人^⑤皆莫及也。吾前后和其诗，凡一百有九篇，至其得意，自谓不甚愧渊明。今将集而并录之，以遗后之君子，其为我志之！

　　然吾于渊明，岂独好其诗也？如其为人，实有感焉。渊明临终，《疏》告俨等^⑥："吾少而穷苦，每以家弊，东西游走，性刚才拙，与物多忤。自量为己，必贻俗患，俯仰辞世，使汝等幼而饥寒。"渊明此语，盖实录也。吾真有此病，而不早自知，半生出仕以犯世患，此所以深服渊明，欲以晚节师范其万一也。

【注释】

　　①该书信选录自苏辙所作的《子瞻和陶渊明诗集

引》。绍圣四年（1097）丁丑十二月，苏轼将所作和陶诗结集送给谪居在循州的苏辙，请他作序，苏辙在序中引用了苏轼写给自己的信，即为此文。题目为编者所加。

②拟古：诗文仿效古人的风格形式，如汉代扬雄拟《易》作《太玄》，拟《论语》作《法言》，以及《文选》中的"杂拟"等，后来发展成为诗体之一。晋代陆机、南朝宋鲍照等皆有《拟古》诗。

③追和：唱和往往是指以诗词相酬答。此处是指取前人的诗次其韵，作诗与古人唱和。

④癯（qú）：清瘦。

⑤曹、刘、鲍、谢、李、杜诸人：指曹植、刘桢、鲍照、谢灵运、李白、杜甫。

⑥《疏》告俨等：《陶渊明集》有《与子俨等疏》。

【赏读】

苏辙在宋哲宗绍圣四年（1097）应苏轼之邀为其《和陶渊明诗集》作序，他在序言中对苏轼的诗风进行了个性化的评论，同时在序中引用了苏轼写给自己的书信。该书信约占该序一半的篇幅，苏辙直接引用原文，意在让苏轼自己来言说对陶渊明的推崇。该信写于苏轼晚年，也正是其心态的呈现。

可以说，陶渊明是苏轼最为喜爱的诗人。愈到晚年，苏轼对陶渊明的喜爱愈甚。

李泽厚在《美的历程》中认为，在古今诗人中，只有陶渊明最合苏轼的标准，说："只有'采菊东篱下，悠然见南山''此中有真意，欲辩已忘言'的陶渊明才是苏轼所愿顶礼膜拜的对象。"实际上，苏轼和陶诗的创作，除了喜欢之外，还有其他的原因。据韩国金甫暻的研究，"苏轼在熙宁三年（1070）四月，做了一首《绿筠亭》诗，此诗殆为苏诗中提及陶渊明的最初之作"，但是直到他在熙宁四年（1071）出任杭州通判，经历了政治生涯的挫折之后，"归隐与思乡之念越来越强烈起来，同时逐渐瞩目陶渊明的存在了"。但是这一段时间对陶渊明的欣赏"大部分是出于对现实政治处境的不满，或者出于用它点缀他官职生活中偶得的闲趣的目的"。乌台诗案"影响了苏轼此后对陶渊明的接受态度，体现出与此前不同的面貌"，"苏轼在很难找到能跟他唱和的诗友的情况之下，又将目光转向他晚年推崇备至的陶渊明与其诗，最后将他当做自己晚年最好的唱和对象"。

因此可以说，晚年的和陶诗，也是苏轼自己与自己的对话。清代温汝能《和陶合笺》评此文曰："末六句冲淡自然，非公诗固不能为渊明写出真面目也。"

与程秀才①二首

一

　　去岁僧舍屡会，当时岂知为乐？今者海外②无复梦见。聚散忧乐，如反覆手③，幸而此身尚健。得来讯，喜奉侍清安。知有爱子之戚④，襁褓泡幻⑤，不须深留恋也。仆离惠州后，大儿子⑥房下亦失一男孙，悲怆久之，今则已矣。此间食无肉，病无药，居无室，出无友，冬无炭，夏无寒泉，然亦未易悉数，大率皆无耳。惟有一幸，无甚瘴也。近与小儿子⑦结茅数椽⑧居之，仅庇风雨，然劳费已不赀矣。赖十数学生助工作，躬泥水之役，愧之不可言也。尚有此身，付与造物，听其运转，流行坎止⑨，无不可者。故人知之，免忧。夏热，万万自爱。

二

近得吴子野⑩书，甚安。陆道士⑪竟以疾不起，葬于河源矣。前会岂非一梦耶？仆既病倦不出，然亦无与往还者，阖门面壁而已。新居在军⑫城南，极湫隘，粗有竹树，烟雨蒙晦，真蜑坞獠洞⑬也。惠酒佳绝。旧在惠州，以梅酝⑭为冠，此又远过之。牢落中得一醉之适，非小补也。

【注释】

①程秀才：即程天侔，苏轼在惠州时的朋友。

②海外：当时苏轼被远贬到海南岛儋州，故称"海外"。

③反覆手：指手一反一覆，极言其易，也用来比喻变化无常。

④爱子之戚：指死了孩子的悲苦，此指程天侔之子新亡。

⑤襁褓泡幻：指幼儿夭折。泡幻，出自《金刚经》"如梦幻泡影，如露亦如电，应作如是观"，此处形容婴儿死去。

⑥大儿子：指苏迈。

⑦小儿子：指苏过。苏轼贬官多处，苏过一直跟随

其父。

⑧结茅数椽（chuán）：这里指绍圣四年（1097）六月十一日，苏轼至海南岛贬地，军使安排他居住官舍，后来湖南提举董必赴广西察访，派人前来将苏轼逐出官舍。苏轼遂无屋可居，乃买地筑室，修了几间茅屋，命名为"桄榔庵"。

⑨流行坎止：指顺流而行，遇险而止，意思是随遇而安。语出贾谊《鵩鸟赋》："乘流则逝，得坎则止。"

⑩吴子野：吴复古，字子野，号远游，苏轼友人。

⑪陆道士：陆惟忠，字子厚，苏轼同乡。

⑫军：指昌化军，今海南儋州中北。《元丰九域志》卷九："同下州，昌化军。唐儋州昌化郡，皇朝熙宁六年废为昌化军，治宜伦县。"宋代军也属于行政区划，即同下等的州郡，非军事区域。

⑬蜑坞獠洞：蜑户聚集的船坞，蛮獠居住的山洞。比喻野人之居也。

⑭梅酝：梅州所酿的酒。梅州，治所在今广东梅州。

【赏读】

程天侔是苏轼在患难中结识的朋友，时任广东路罗阳郡推官。苏轼自惠州再贬儋州后，是程天侔父子和郑靖老用海船帮苏轼运送米酒药物、传递家信。苏轼谪居海南儋州时，写给程天侔的信大概有十七封，本文选其中两封。

其一作于元符元年（1098）初夏，当时苏轼刚到儋州，收到了程天侔的一封信，于是作此函回复。苏轼已是第三次远贬，而且儋州较黄州、惠州条件更加恶劣，然而，他在信中所展现的人生态度却更加达观。失去朋友欢聚之乐，则以"此身尚健"自慰；对友人的"爱子之戚"则以自己失孙后"福祿泡幻，不须深留恋"的体验安慰朋友。自己生活窘迫，"食无肉，病无药，居无室，出无友，冬无炭，夏无寒泉，然亦未易悉数"，即使在这样的恶劣条件下，竟然还说"惟有一幸，无甚瘴也"。在这封信末，他把生命喻作长河水，"付与造物，听其运转，流行坎止，无不可者"，这种随遇而安的心态成为他达观超脱的力量源泉。

其二也作于元符元年（1098），当年正月，吴复古写信给苏轼，说陆惟忠道士于绍圣四年（1097）五月十九日卒于河源开元观，并葬于该观。陆惟忠是苏轼的同乡，苏轼被贬惠州时，陆惟忠专程赶往惠州看望他。苏轼得知其死讯，非常伤感，在给程天侔的信中提到此事："陆道士竟以疾不起，葬于河源矣。前会岂非一梦耶？"而后叙居住环境的恶劣，但又陡然一转"惠酒佳绝"，所幸此处有酒，这酒甚至好过在惠州所喝，酒意飘飘，醉中终于能得一安然。

与谢民师^①推官书

　　轼启：近奉违，亟辱问讯，具审起居佳胜^②，感慰深矣。轼受性刚简，学迂材下，坐废累年^③，不敢复齿缙绅^④。自还海北^⑤，见平生亲旧，惘然如隔世人，况与左右^⑥无一日之雅，而敢求交乎？数赐见临，倾盖如故^⑦，幸甚过望，不可言也。

　　所示书教及诗赋杂文，观之熟矣。大略如行云流水，初无定质，但常行于所当行，常止于所不可不止，文理自然，姿态横生。孔子曰："言之不文，行之不远。"又曰："辞达而已矣。"夫言止于达意，即疑若不文，是大不然。求物之妙，如系风捕影，能使是物了然于心者，盖千万人而不一遇也。而况能使了然于口与手者乎？是之谓辞达。辞至于能达，则文不可胜用矣。

　　扬雄^⑧好为艰深之词，以文浅易之说，若正言之，则人人知之矣。此正所谓雕虫篆刻^⑨者，其《太玄》《法言》，皆是类也。而独悔于赋，何哉？终身雕虫，而独变其音节⑩，便谓之经，可乎？屈原作《离骚经》⑪，盖风、雅之再变者，虽与日月争光可也。可以其似赋而谓之雕虫乎？使贾谊⑫见孔子，升堂⑬有余矣，而乃以赋鄙之，至与司马相如⑭同科！雄之陋，如此者甚众。可与知者道，难与俗人言也。因论文偶及之耳。欧阳文忠公⑮言："文章如精金美玉，市有定价，非人所能以口舌定贵贱也。"纷纷多言，岂能有益于左右？愧悚不已。

　　所须惠力⑯法雨堂字，轼本不善作大字，强作终不佳，又舟中局迫难写，未能如教。然轼方过临江⑰，当往游焉。或僧欲有所记录，当作数句留院中，慰左右念亲之意。今日已至峡山寺⑱，少留即去。愈远。惟万万以时自爱。不宣。

【注释】

　　①谢民师：即谢举廉，字民师，新淦（今江西新干）人，元丰八年（1085）进士，颇有诗名，与叔父谢懋、谢岐，弟谢世充同榜登第，时称"四谢"。曾携带诗文拜访苏轼，受到苏轼的欣赏。宋哲宗元符三年（1100），苏轼被赦，从海南岛儋州返回，途中经过广州，时谢民师在广东担任广州推官，因此得见，此后书信往返。

　　②具审起居佳胜：完全了解到您的生活很不错。具

审，详细了解。佳胜，安好、顺适。

　　③坐废累年：连续多年获罪罢职。

　　④复齿缙绅：重新与士大夫为伍。齿，并列。

　　⑤还海北：指苏轼在宋哲宗元符三年（1100）遇赦渡海北还。

　　⑥左右：本谓身边的侍从、执事，此指对方。不直称对方而称其左右，表示尊敬。

　　⑦倾盖如故：在路上相遇，停车交谈，车盖靠在一起，形容初交相得，一见如故。

　　⑧扬雄：西汉末辞赋家。

　　⑨雕虫篆刻：比喻只追求雕饰文采，不注重内容。扬雄《法言·吾子》："或问：'吾子少而好赋？'曰：'然。童子雕虫篆刻。'俄尔曰：'壮夫不为也。'"虫指虫书，刻指刻符。西汉学童习秦书八体，虫书、刻符为其中两体，纤巧难工，故用它来指创作辞赋时的雕章绘句。

　　⑩独变其音节：指扬雄的《太玄》《法言》不用时人习惯的语言行文，而是模仿《周易》《论语》的语言风格。

　　⑪屈原作《离骚经》：屈原，战国时楚国诗人。《离骚经》即《离骚》，是屈原的代表性作品。

　　⑫贾谊：西汉政治家、文学家，有《过秦论》《吊屈

原赋》《鹏鸟赋》等名篇。

⑬升堂：比喻学问技艺已入门。《论语·先进》："子曰：'由也升堂矣，未入于室也。'"

⑭司马相如：西汉文学家，汉大赋的代表作家，有《子虚赋》《上林赋》等。

⑮欧阳文忠公：即欧阳修，谥文忠，北宋文学家、政治家。

⑯惠力：即惠力寺，在谢民师的家乡江西，寺内存有苏轼所写《金刚经》残碑。谢民师曾替惠力寺向苏轼求题字，故而说到此事。

⑰临江：即临江军，属江西路。谢民师的家乡新淦属于江西路的辖境。

⑱峡山寺：即广庆寺，在今广东清远市清远峡，又名飞来寺，为唐代名刹之一。苏轼于宋哲宗绍圣元年（1094）九月贬惠州时曾游此地，有《题广州清远峡山寺》文。

【赏读】

元符三年（1100），苏轼自海南遇赦北归，十月至广州。当时谢民师任广州推官，曾携带自己的诗文拜访苏轼，很得苏轼的赏识。据曾敏行《独醒杂志》记载："谢民师，名举廉，新淦人。博学工词章……东坡自岭南归，民师袖书及旧作遮谒，东坡览之，大见称赏。"苏轼离开广州后，谢民师多次致信问候，本篇是苏轼写给谢民师的复信。

本文开篇陈述自己与谢民师的交情，写得真切诚挚。苏轼多次被贬，累年备受冷遇，故旧星散，交游断绝，而素无往来的谢氏，却多次问讯和看望，谢民师的深情厚谊使苏轼感到"倾盖如故"。收尾处，苏轼对谢氏求索墨迹一事作出恳切说明和答复，并将当下行踪告知友人。中间部分重点谈艺论文，通过对谢民师的文章的评论，提出自己的文学主张，也是对自己创作经验的总结。

他指出写文章要"大略如行云流水，初无定质，但常行于所当行，常止于所不可不止，文理自然，姿态横生"，强调文章贵在平易自然，多姿多彩。与此相联系，对"辞达"作出全新解读，主张文章既要善于达意，又要讲究文采。最后，他对雕章琢句、故作艰涩的文风进行了批评，进一步阐明"行云流水"的境界取决于文章内容，而非外在形式。陈献章评曰："此书大抵论文。曰'行云流水'数语，此长公文字本色。至贬扬雄《太玄》《法言》为雕虫，却当。"（《三苏文范》卷十二引）

全文笔势流动，挥洒自如，很能体现苏轼文章的特色，《晚村精选八大家古文》评曰："论文到精妙处，亦唯东坡能达。"

临皋①闲题

　　临皋亭下八十数步，便是大江，其半是峨嵋雪水，吾饮食沐浴皆取焉，何必归乡哉！江山风月，本无常主，闲者便是主人。闻范子丰②新第园池，与此孰胜？所以不如君子，上无两税③及助役钱④尔。

【注释】

　　①临皋：即临皋亭，坐落在黄州城南长江岸边，苏轼被贬黄州时寓居于此。

　　②范子丰：即范百嘉，成都人，其父范镇曾举荐苏轼做谏官。

　　③两税：指夏秋两季征收的税。

　　④助役钱：无人充役的家庭出钱充役。

【赏读】

　　本文又题为《与范子丰书》，是苏轼写给好友范子丰的一封书简。临皋亭，一个地处荒远的水驿官亭，因为苏轼曾经在此寓居而闻名。苏轼于元丰三年（1080）二月到贬谪之地黄州，最初寓居定惠院，家属到来之后，移居临皋亭。

临皋亭俯迫大江，闲坐亭中，可见水上风帆上下，苏轼《南堂》诗云"卧看千帆落浅溪""挂起西窗浪接天"，阴晴烟雨，晓夕百变，置身此景此境，苏轼似乎找到了心灵的止泊之所，豪迈地说"何必归乡"。他甚至不无夸张地在词中写道"临皋烟景世间无"（《浣溪沙》），足见他对这个贬谪之所的深情眷恋。

下文生发出一通富有哲理的感慨："江山风月，本无常主，闲者便是主人"。江山如此多娇，风月亦自媚人，可是，攘攘红尘，芸芸众生，有几个人能尽享大自然的丰厚赐予？人往往为了追求身外之物，而与人生至乐失之交臂。而只有"闲者"，能够物我两忘，宠辱俱泯，纵有谪居之怨，流落之悲，也如云烟过眼，随缘自化，徜徉于云光水色之中，享受和拥有大自然所赐予的一切。

本文虽题为"闲题"，其实也并非全为闲语。最后两句，又将王安石变法带给百姓们的赋税之忧提了出来，看来，苏轼也并不能真正洒脱到忘怀于世吧。

卷四 其他

东坡居士酒醉饭饱，倚于几上，

白云左绕，清江右洄，

重门洞开，林峦岔入。

后杞菊赋并叙

天随生①自言常食杞菊②。及夏五月，枝叶老硬，气味苦涩，犹食不已。因作赋以自广③。始余尝疑之，以为士不遇，穷约④可也，至于饥饿嚼啮草木，则过矣。而余仕宦十有九年，家日益贫，衣食之奉，殆不如昔者。及移守胶西，意且一饱，而斋厨索然，不堪其忧。日与通守⑤刘君廷式⑥，循古城废圃，求杞菊食之，扪腹而笑。然后知天随之言，可信不谬。作《后杞菊赋》以自嘲，且解之云。

"吁嗟先生，谁使汝坐堂上称太守？前宾客之造请⑦，后掾属⑧之趋走。朝衙达午，夕坐过西⑨。曾杯酒之不设，揽草木以诳口。对案颦蹙，举箸噎呕。昔阴将军设麦饭与葱叶，井丹推去而不嗅⑩。怪先生之眷眷，岂故山之无有？"

先生听然⑪而笑曰："人生一世，如屈伸肘。何者为贫？何者为富？何者为美？何者为陋？或糠核⑫而瓠肥，或粱肉而墨瘦⑬。何侯方丈⑭，庾郎三九⑮。较丰约于梦寐，卒同归于一朽。吾方以杞为粮，以菊为糗⑯。春食苗，夏食叶，秋食花实而冬食根，庶几乎西河⑰、南阳之寿⑱。"

【注释】

①天随生：即陆龟蒙，字鲁望，号江湖散人、天随子、甫里先生。唐代文学家、农学家。

②杞菊：枸杞和菊花。

③作赋以自广：陆龟蒙曾作《杞菊赋》。

④穷约：困顿，贫贱。

⑤通守：官名。隋炀帝时设置，佐理郡务，职位次于太守，不久废，此处通守即通判，为知州副职。

⑥刘君廷式：即刘廷式，字得之，齐州（治今山东济南）人，时以殿中丞出任密州通判。

⑦造请：前往谒见。

⑧掾属：下属官吏。掾，原为佐助的意思，后为副官佐或官署属员的通称。

⑨朝衙达午，夕坐过西：意思是上午到官署办公直到中午，下午在官署坐班直到酉时以后。

⑩"昔阴将军"二句：东汉初信阳侯阴就故意用麦饭葱叶招待清高之士井丹，井丹推开饭食不吃，后来换成丰盛的饭菜才吃。

⑪听（yǐn）然：笑的样子。司马相如《子虚赋》："无是公听然而笑。"

⑫糠覈而瓠（hù）肥：吃粗劣的食物却长得肥而壮。糠覈，米麦舂余的粗屑。瓠肥，像瓠子一样白白胖胖。

⑬粱肉而墨瘦：吃精美的餐食却很瘦弱。

⑭何侯方丈：意思是何侯吃饭时菜肴摆列起来有一丈见方。何侯，西晋何曾，性奢华。方丈，一丈见方。

⑮庾郎三九：庾杲（gǎo）只吃韭菹（zū）、瀹（yuè）韭、生韭三种韭菜。庾郎，南齐庾杲，家甚贫。"九"与"韭"谐音。

⑯糗（qiǔ）：干粮，炒熟的米或面等。

⑰西河：指孔子弟子卜商，字子夏，高寿。孔子殁后，子夏讲学于河西，魏文侯师事之。

⑱南阳之寿：葛洪《抱朴子·仙药》载："南阳骊县山中有甘谷水，谷水所以甘者，谷上左右皆生菊花。菊花堕水中，历时弥久，故水味为变。其临此谷中居民，皆不穿井，悉食甘谷水。食者无不老寿。"

【赏读】

唐代诗人陆龟蒙曾作《杞菊赋并序》："天随子宅荒少墙，屋多隙地，著图书所，前后皆树以杞菊。春苗恣肥，日得以采撷之，以供左右杯案。及夏五月，枝叶老硬，气味苦涩，旦暮犹责儿童拾掇不已。人或叹曰：'千乘之邑，非无好事之家，日欲击鲜为具，以饱君者多矣。君独闭关不出，率空肠贮古圣贤道德言语，何自苦如此？'生笑曰：'我几年来忍饥诵经，岂不知屠沽儿有酒食耶？'退而作《杞菊赋》以自广云……"陆龟蒙仕宦不遇，遂闭门不出，以"空肠贮古圣贤道德言语"，有安贫乐道、超然物外的隐士风度。

　　本文系苏轼效法《杞菊赋并序》而作，故名之为《后杞菊赋并叙》，但两文的用意并不相同，前者用以"自广"，后者则是"自嘲"。苏轼用陆龟蒙食杞菊之事作为引子，引出了"仕宦十有九年，家日益贫，衣食之奉，殆不如昔者"的境况。当时苏轼任密州太守，为官近二十年，竟然到了要食野菜充饥的地步，该有多少无可奈何。

　　赋文借鉴韩愈《进学解》虚设问答的形式，在问与听者的笑答之间形成鲜明的反差，更突出了苏轼不羁心于外物、不戚戚于贫困的坦荡胸襟。至于本篇题名《后杞菊赋》，不仅是因为前有陆龟蒙的《杞菊赋》，更因为二人都能于安于贫困。从这个意义上来说，苏轼此赋可谓是对陆赋的进一步生发。

方山子^①传

方山子，光、黄^②间隐人也。少时慕朱家、郭解^③为人，闾里之侠皆宗之。稍壮，折节读书，欲以此驰骋当世。然终不遇，晚乃遁于光、黄间曰岐亭^④。庵居蔬食，不与世相闻。弃车马，毁冠服，徒步往来山中，人莫识也。见其所着帽，方屋而高，曰："此岂古方山冠^⑤之遗像乎？"因谓之方山子。

余谪居于黄，过岐亭，适见焉。曰："呜呼，此吾故人陈慥季常也，何为而在此？"方山子亦矍^⑥然问余所以至此者。余告之故，俯而不答，仰而笑，呼余宿其家。环堵萧然，而妻子奴婢皆有自得之意。余既耸然异之。

独念方山子少时，使酒好剑，用财如粪土。前十有九年，余在歧下，见方山子从两骑，挟二矢，游西山。鹊起于前，使骑逐而射之，不获。方山子怒马独出，一发得之。因与余马上论用兵及古今成败，自谓一世豪士。今几日耳，精悍之色，犹见于眉间，而岂山中之人哉！

然方山子世有勋阀⑦，当得官，使从事于其间，今已显闻。而其家在洛阳，园宅壮丽与公侯等。河北有田，岁得帛千匹，亦足以富乐。皆弃不取，独来穷山中，此岂无得而然哉。

余闻光、黄间多异人，往往阳狂垢污，不可得而见，方山子傥⑧见之欤？

【注释】

①方山子：即陈慥，字季常，号方山子，太常少卿陈希亮之子。

②光、黄：宋代的光州（治今河南潢川）、黄州（治今湖北黄冈）。

③朱家、郭解：均为西汉时著名游侠，事见《史记·游侠列传》。

④岐亭：陈慥的隐居之所，在今湖北麻城。

⑤方山冠：汉代祭祀时乐师戴的一种帽子，唐、宋时则成为隐士常戴的帽子。

⑥矍（jué）：惊慌地看着。

⑦世有勋阀：功勋世家。

⑧傥（tǎng）：同"倘"。

【赏读】

方山子即陈季常，是苏轼当时的超级粉丝之一。苏轼与陈季常交情甚深，也经常互相开玩笑。如苏轼曾经写过一首《寄吴德仁兼简陈季常》的长诗，谈到"龙丘居士亦可怜，谈空说有夜不眠。忽闻河东狮子吼，拄杖落手心茫然"，就是借用"河东女儿身姓柳"的诗句暗喻龙丘居士的妻子柳月娥，后世人们便把"河东狮吼"作为妒妻悍妇的代称。这是苏轼对陈季常畏妻的一种玩笑。对苏轼而言，陈季常最为突出的特点却在其侠气。

此文作于元丰四年（1081），正是苏轼被贬到黄州的第二年。据苏轼诗文记载，这段时间里，很多人都不愿意与他来往。但是他在元丰三年（1080）正月前往黄州的贬所时，居然在岐亭遇到了隐居在此的故交陈季常。此后，虽然岐亭距黄州有百里之遥，但是陈季常曾七次造访苏轼，每次都会相聚十余天。苏轼为此写道"但愿长如此，来往一生同"。不在春风得意的顺境里逢迎巴结，而在贬谪潦倒的困顿中倾注真情，远足相访，二人的情谊非同一般。

陈季常建议苏轼在武昌寒溪西山购置田产以作终老之计，但苏轼"恐好事君子，便加粉饰，云擅去安置所而居于别路。传闻京师，非细事也"（《与陈季常书》），没有同意。但不管怎样，对苏轼而言：一方面体会到了黯淡岁月里的人情淡薄、世态炎凉；另一方面，又因为这次灾祸，才更由衷地感叹陈季常"已约年年为此会，故人不用赋招魂"。此文的"烟波生色"也正道出陈季常的血性和筋骨。

　　苏轼描述了陈季常先侠后隐的过程，尤其是从已经隐居的方山子眉间仍能看到"精悍之色"，更是感慨其"岂山中之人哉"。通过对陈季常人生经历的描述，表达了作者对他特立独行性格的赞赏，抒发了自己对人生的感悟。有着如此显赫门第的陈季常，尚且能够早早看穿世间这一切，自己又何尝不能如此呢？

二红饭

今年东坡①收大麦二十余石，卖之价甚贱，而粳米②适尽，乃课③奴婢春以为饭，嚼之啧啧有声。小儿女相调，云是嚼虱子。日中饥，用浆水淘食之，自然甘酸浮滑，有西北村落气味。今日复令庖人，杂小豆作饭，尤有味。老妻大笑曰："此新样二红饭也。"

【注释】

①东坡：元丰四年（1081），苏轼于黄州请得旧营地数十亩开垦种植，因其地在东门外，命名为"东坡"。

②粳米：粳稻碾出的米。粳，稻谷的一种，米粒短而粗。

③课：规定任务，派人劳役。

【赏读】

这篇小品文作于苏轼在黄州期间，写作此文时苏轼到黄州已经一年有余。因为生活困窘，他的好友马正卿就为他请得城东的营防废地数十亩，让其耕种，因此地在城东门之外，便称之为东坡。当时将东坡的田地整治结束的时候，已经来不及种稻米，只好先种麦子。苏轼在《东坡八首》其五中称：

> 良农惜地力，幸此十年荒。
>
> 桑柘未及成，一麦庶可望。
>
> 投种未逾月，覆块已苍苍。
>
> 农父告我言，勿使苗叶昌。
>
> 君欲富饼饵，要须纵牛羊。
>
> 再拜谢苦言，得饱不敢忘。

诗中的"一麦庶可望"即本文中的"今年东坡收大麦"。这一年的收成虽好，但价钱却很低，只能留下来自己食用。可是，大麦不好吃，吃惯了粳米，一旦改吃大麦，会难以下咽。在苏轼笔下，大麦饭却给一家人带来了轻松愉悦，欢快和谐，充满着生活情趣。

　　生活落入这样的困境，难过是肯定的。然而此时的旷达，一则是安慰自己的妻儿，一则是安慰自己。其中有着自欺欺人的无奈，这样的无奈给人一种真实感。人们之所以喜欢苏轼，也正是看到他的真实，这种真实比那些以清绝出尘相标榜的人而言，不知道要可爱多少倍。这篇小品文，后来也因此被收进各种饮食小札。

怪石供

　　《禹贡》①："青州有铅、松、怪石。"解者②曰："怪石，石似玉者。"今齐安江上往往得美石，与玉无辨，多红、黄、白色。其文如人指上螺，清明可爱，虽巧者以意绘画，有不能及。岂古所谓怪石者耶？

　　凡物之丑好，生于相形③，吾未知其果安在也。使世间石皆若此，则今之凡石复为怪矣。海外有形语之国，口不能言，而相喻以形。其以形语④也，捷于口，使吾为之，不已难乎？故夫天机之动，忽焉而成，而人真以为巧也。虽然，自禹以来怪之矣。

　　齐安小儿浴于江，时有得之者，戏以饼饵易之。既久，得二百九十有八枚。大者兼寸⑤，小者如枣、栗、菱、芡。其一如虎豹，首有口、鼻、眼处，以为群石之长。又得古铜盆一枚，以盛石，挹水注之粲然。而庐山归宗⑥佛印禅师适有使至，遂以为供。

　　禅师尝以道眼观一切，世间混沦空洞，了无一物，虽夜光⑦尺璧与瓦砾等，而况此石。虽然，愿受此供。

灌以墨池水⑧，强为一笑。使自今以往，山僧野人，欲供禅师，而力不能办衣服饮食卧具者，皆得以净水注石为供，盖自苏子瞻始。时元丰五年五月，黄州东坡雪堂书。

【注释】

①《禹贡》：《尚书》中的一篇，此文把全国分为九州。下文青州即"九州"之一，在今山东省东北部。

②解者：指解读《禹贡》的人。

③相形：相互对照。

④形语：用手势等代替语言。

⑤兼寸：两寸。兼，加倍。

⑥归宗：指庐山归宗寺，后为中土佛教之一宗。

⑦夜光：即夜明珠。

⑧墨池水：书法家洗笔池的水，著名书法家张芝、王羲之等均有"墨池"传说。

【赏读】

赏石文化是中国传统文化的一个重要部分，苏轼不仅是一位文学大师，也是一位赏石大师，创作了很多有关赏石的诗文和书画作品。比如他曾作《咏怪石》诗，说到"家有粗险石，植之疏竹轩"，还写过《仇池石》

《雪浪石》等诗，比如他的画作流传至今的有《竹石图》和《枯木竹石图》，都与石相关。

　　本文是苏轼很重要的一篇关于赏石文化的文章，描写了黄州齐安江的美石。元丰三年（1080），时苏轼被贬为黄州，他发现黄州的齐安江畔有很多细巧卵石，有红、黄、白等各种颜色，湿润如玉，石上纹理如人指螺纹，清明可爱。在江边戏水的孩子可以摸到这种石头，于是他便用糖饼和小孩子做交易，一来二去，竟然得到了298块小石头，"大者兼寸，小者如枣、栗、菱、芡"。回家后，他把这些小石头放进古铜盆里，并注入清水供养，时常赏玩，怡然自得。后来有一天，他的好朋友佛印禅师派人来看望他，他便将这些小石作为供品赠给佛印禅师，并作《怪石供》以记始末。佛印收到石头和文章后，大为叹赏，就把《怪石供》一文刻于石碑，还引出了苏轼的《后怪石供》。

　　在本文中，苏轼提出了一个富有禅意的哲学思辨："凡物之丑好，生于相形。"我们眼中的美丑巧拙，其判断标准从何而来？他用了一个传说中的海外国度打比方，论证怪与非怪只是相对的与随机的。"天机之动，忽焉而成"，造化赋予万物以千姿百态的样貌，这些本来平等的事物却被人们以主观经验判定美丑，并不是造物者的本意呀。

后怪石供^①

　　苏子既以怪石供佛印，佛印以其言刻诸石。苏子闻而笑曰："是安所从来哉？予以饼易诸小儿者也。以可食易无用，予既足笑矣，彼又从而刻之。今以饼供佛印，佛印必不刻也，石与饼何异？"参寥子曰："然。供者，幻也。受者，亦幻也。刻其言者，亦幻也。夫幻何适而不可？"举手而示苏子曰："拱此而揖人，人莫不喜。戟^②此而罥^③人，人莫不怒。同是手也，而喜怒异，世未有非之者也。子诚知拱、戟之皆幻，则喜怒虽存而根亡^④。刻与不刻，无不可者。"苏子大笑曰："子欲之耶？"乃亦以供之。凡二百五十，并二石盘去。

【注释】

　　①后怪石供：本文是《怪石供》之后再供参寥子怪石所记，所以题目冠以"后"字。

　　②戟（jǐ）：古代一种长柄兵器。这里引申为伸出食

指和中指指指点点。

③詈（lì）：骂，责骂。

④根亡：指人明白了万物皆空的道理后，就能不为六根所惑。佛教以眼、耳、舌、鼻、身、意为"六根"。

【赏读】

诗僧参寥子也是苏轼的好友，曾与苏轼谈及怪石一事，苏轼笑道，你是不是也想得到我的怪石啊？于是苏轼又送给参寥子一些石头，于是就有了《后怪石供》。

相较于前文，此文重在玄理。参寥子说："供者，幻也。受者，亦幻也。刻其言者，亦幻也。"既然世间一切皆虚幻，那有什么可与不可呢？刻与不刻，又有什么区别呢？苏轼听了之后大笑，认为参寥子的意思是送和不送又有什么区别呢，又送了250枚怪石给参寥子。

从文中的一些描述如"苏子闻而笑曰""苏子大笑曰""举手而示苏子曰"可见他们聊天时的样子，显得格外轻松自然。全文用僧俗对话的形式，阐释佛家玄理，诙谐易懂。

北海①十二石记

　　登州②下临大海，目力所及，沙门、鼍矶、车牛、大竹、小竹凡五岛。惟沙门最近，兀然焦枯③。其余皆紫翠巉④绝，出没涛中，真神仙所宅也。上生石芝，草木皆奇玮，多不识名者。又多美石，五采斑斓，或作金文⑤。

　　熙宁己酉⑥岁，李天章为登守，吴子野往从之游。时解贰卿致政⑦，退居于登，使人入诸岛取石，得十二株⑧，皆秀色粲然。适有舶在岸下，将转海至潮。子野请于解公，尽得十二石以归，置所居岁寒堂下。

　　近世好事能致石者多矣，未有取北海而置南海者也。元祐八年八月十五日，东坡居士苏轼记。

【注释】

　　①北海：指渤海。

　　②登州：宋代地名，治今山东蓬莱。

　　③兀然焦枯：光秃秃的没有草木。兀然，突兀的

样子。

④巉（chán）：山势高峻。

⑤金文：金色的纹理。文，同"纹"。

⑥熙宁己酉：即熙宁二年（1069）。

⑦致政：辞去官职，退出政界。

⑧株：棵，因美石千姿百志，五颜六色，形似花卉，故用此株字表示。

【赏读】

本文提到的北海之石，本来是吴子野游蓬莱时，在地方官李天章、解贰卿的帮助下获得的。后来吴子野又将这十二枚北海之石千里迢迢地从蓬莱运到广东潮阳，存放在岁寒堂中。苏轼对石头的喜爱已见于《怪石供》和《后怪石供》，所以当他在岁寒堂观赏北海石头时，自然也就生发与其他人不一样的感慨。

苏轼元丰八年（1085）奉命到登州任知府，十月十五日到任，仅五天后就收到了朝廷调他任礼部郎中的诏书，于是在十一月初离开登州。登州面临北海，境内有有"人间仙境"蓬莱阁。苏轼在登州逗留不到一个月时间，曾两度攀缘蓬莱阁，欣赏海景。登州水阔天长、极目苍茫的美景，给苏轼留下了深刻的印象。元祐八年（1093）八月，苏轼在吴复古的岁寒堂看到北海之石，想到了短暂的登州岁月，便追记此文。

　　文章名为《北海十二石记》，好像是记奇石的，实则记奇人奇事。记石是为了记人。世人做事往往浅尝辄止，但真正要办成一件事，却非有恒心有毅力者不能为。吴复古万里迢迢取北海之石置于南海居所，日夕相对，情钟于心，这份痴情有几人能做到？

赠张鹗

　　张君持此纸求仆书，且欲发药①，君当以何品②？吾闻《战国》③中有一方，吾服之有效，故以奉传。其药四味而已：一曰无事以当贵，二曰早寝以当富，三曰安步以当车，四曰晚食以当肉④。夫已饥而食，蔬食有过于八珍⑤；而既饱之余，虽刍豢满前，惟恐其不持去也。若此可谓善处穷者矣，然而于道则未也。安步自佚⑤，晚食为美，安以当车与肉为哉？车与肉犹存于胸中，是以有此言也。

【注释】

　　①发药：书写药方，此处指以善言劝人以当药。

　　②品：理解，评价。

　　③《战国》：指《战国策》。

　　④"一曰无事"四句：此四句出自《战国策·齐策四》，齐人颜斶对齐宣王说："斶愿得归。晚食以当肉，安步以当车，无罪以当贵，清静贞正以自虞。"

⑤佚：通"逸"，安逸，舒适。

【赏读】

张鹗向苏轼请教养生之道，苏轼开出一个调养身心以求自适的药方。这个药方实际上是对《战国策》的一段话加以变化，自出新意。苏轼以为这四种心态是贫困中的人与贫困和解的一种方式，然而能够想到贵、富、坐车、吃肉，却是心中未忘掉这些，真正超脱的人是不会想到这些吧。这种说法，和《措大吃饭》中措大能得吃之真味是一样的。

以今人的生活来看，苏轼的这几句话也大有裨益。南宋高僧《无门关》中的"春有百花秋有月，夏有凉风冬有雪。若无闲事挂心头，便是人间好时节"被广为传诵，正与本文中的无事的人才有闲情、有闲情才能看春花秋月相照应。但是本来能达到这种境界已是难事，苏轼认为"于道则未"，可以说是提出了更高的要求。

谢鲁元翰[①]寄暖肚饼

公昔遗余以暖肚饼，其直万钱。我今报公亦以暖肚饼，其价不可言。中空而无眼，故不漏；上直而无耳，故不悬；以活泼泼为内，非汤非水；以赤历历为外，非铜非铅；以念念不忘为项，不解不缚；以了了常知为腹，不方不圆。到希领取，如不肯承当却，以见还。

【注释】

①鲁元翰：即鲁有开，字元翰，亳州谯（今安徽亳州）人，好《礼学》，通《左氏春秋》，官至中大夫，苏轼的朋友。

【赏读】

苏轼小品文中有关食物的甚多，此篇的独特之处在于"暖肚饼"所指究竟为何。从文中来看，实际上应该是一种敷贴于腹部的膏药，谓之"暖肚"。但在苏轼笔下，他回赠"暖肚饼"却别有深意。苏轼曾给鲁元翰写过一首诗《送鲁元翰少卿知卫州》，其中"刑政虽首务，念当养其源"表达了对鲁元翰的关心。而从本文来看，苏轼所言的"暖肚饼"未尝不是关心，尤其是其中所言之"念念不忘""了了常知"，恰恰温暖鲁元翰罢了。

措大^①吃饭

有二措大相与言志，一云："我平生不足惟饭与睡耳，他日得志，当饱吃饭了便睡，睡了又吃饭。"一云："我则异于是，当吃了又吃，何暇复睡耶！"吾来庐山，闻马道士嗜睡，于睡中得妙^②。然吾观之，终不如彼措大得吃饭三昧也。

【注释】

①措大：指贫寒落魄而又好高言论事的读书人。

②得妙：悟道。

【赏读】

本篇被收入多种寓言故事集之中，一般是认为这两个秀才不过是吃饱了便睡，或者吃饱了再吃，满脑子自私享乐，全没有一点济世救民的意愿，是在讽刺北宋时期一些汲汲于个人功名的儒生。从文章后半部分来看，苏轼本意也许并非如此。他说庐山听说嗜睡的马道士在睡眠中悟道，觉得马道士不如两位措大更能体悟到吃和睡的快乐。马道士的重点在于睡中"得妙"，仍是有目的的，而此二措大，才是为了吃而吃，享受那种纯粹的满足。

醉乡记

　　醉乡去中国，不知其几千里也。其土旷然，无岸，无丘陵阪①险；其气和平一揆②，无晦明寒暑；其俗大同，无邑居聚落；其人甚精，无爱憎喜怒。吸风饮露，不食五谷。其寝于于③，其行徐徐，鸟兽鱼鳖杂居，不知有舟车器械之用。

　　昔有黄帝氏尝获游其都，归而窅然④丧其天下，以为结绳之政已薄矣。降及尧、舜，作为千钟百榼⑤之献，因姑射神人⑥以假道，盖至其边鄙，终身太平。禹、汤立法，礼繁乐杂，数十代与醉乡隔。其臣羲和⑦，弃甲子而逃，冀臻其乡，失路而道夭，故天下遂不宁。至乎末孙桀、纣，怒而升其糟丘⑧，阶级迁伊，南向而望，不见醉乡。武王氏得志于世，乃命周公旦立酒人氏之职，典司三齐，拓土五千里，仅与醉乡达焉。三十年刑措不用。下逮幽、厉，迄于秦、汉，中国丧乱，遂与醉乡绝，而臣下之受道者，往往初至焉。阮嗣宗⑨、陶渊明等数十人并游醉乡，没身不返，死葬其壤，中国以为酒仙。

嗟乎，醉乡氏之俗，岂古华胥氏之国⑩乎？何其淳寂也。如是，余将游焉，故为之记。

【注释】

①阪（bǎn）：崎岖硗薄的地方。

②一揆：一致，一样。

③于于：自得的样子。

④窅（yǎo）然：怅然若失的样子。

⑤榼（kē）：古代盛酒的器具。

⑥姑射（yè）神人：原指姑射山的得道真人，后泛指美貌女子。

⑦羲和：称唐虞时掌历法之官羲氏及和氏。

⑧糟丘：酒糟堆积如山，比喻酿酒极多。

⑨阮嗣宗：即阮籍，字嗣宗，竹林七贤之一，与陶渊明均以好酒著称于世。

⑳华胥氏之国：虚拟的理想国度。《列子》载黄帝梦游华胥之国而后天下大治。

【赏读】

苏轼的《醉乡记》与《睡乡记》都是在表达对"昏然不生七情，茫然不交万事"的远古社会的向往。本篇构建的醉乡，也是对老庄的致意。《庄子·盗跖》："神农之世，卧则居居，起则于于，民知其母，不知其父，与麋鹿共处，耕而食，织而衣，无有相害之心，此至德之隆也。"《庄子·天地》："至德之世，不尚贤，不使能；上如标枝，民如野鹿；端正而不知以为义，相爱而不知以为仁，实而不知以为忠，当而不知以为信，蠢动而相使，不以为赐。是故行而无迹，事儿无传。"有学者认为："《醉乡记》的理想社会模式完全在演化庄子，且十分生动、具体、完备。"

书临皋亭

　　东坡居士酒醉饭饱，倚于几上，白云左绕，清江右洄①，重门洞开，林峦坌②入。当是时，若有思而无所思，以受万物之备。惭愧！惭愧！

【注释】

　　①洄（huí）：水回旋而流。

　　②坌（bèn）：并，一起。

【赏读】

　　本则小品，亦是苏轼为临皋亭而写，信手拈来，率意为文。以随意自然的笔触，写悠然所见的云水林峦，四字句的排列有整饬之美而无雕琢之迹，寥寥几笔写出传神之景。"林峦坌入"有王安石"两山排闼送青来"之神趣，又更为自然。"若有思而无所思"既符合"酒醉饭饱"时的精神状态，又或许有些言外之意。"以受万物之备"反用孟子"万物皆备于我"之语，流露出坐享自然之美的闲适心境。全文仅四十余字，写活了一个泰然处之、物我两忘的苏轼，联系其处境和遭际，读者自能感受到轻松洒脱背后作者超越常俗的精神境界。

李泽厚在《美的历程》中说："苏轼一生并未退隐，也从未真正'归田'，但他通过诗文所表达出来的那种人生空漠之感，却比前人任何口头上或事实上的'退隐''归田''遁世'要更深刻、更沉重。因为，苏轼诗文中所表达出来的这种'退隐'心绪，已不只是对政治的退避，而是一种对社会的退避。"

书黄泥坂词后

　　余在黄州，大醉中作此词，小儿辈藏去稿，醒后不复见也。前夜与黄鲁直、张文潜、晁无咎[1]夜坐。三客翻倒几案，搜索箧笥，偶得之，字半不可读，以意寻究，乃得其全。文潜喜甚，手录一本遗余，持元本去。明日得王晋卿[2]书，云："吾日夕购子书不厌，近又以三缣博两纸[3]。子有近书，当稍以遗我，毋多费我绢也。"乃用澄心堂纸[4]、李承晏墨[5]书此遗之。元祐元年十一月二十一日。

【注释】

　　[1]黄鲁直、张文潜、晁无咎：指黄庭坚、张耒、晁补之，三人均名列"苏门四学士"中。

　　[2]王晋卿：即王诜，字晋卿，北宋英宗朝驸马都尉。能诗善画，为苏轼好友。

　　[3]以三缣（jiān）博两纸：用三匹绢与别人换了苏轼的两张墨迹。缣，双丝织成的细绢。

④澄心堂纸：五代南唐时徽州地区所产的一种名纸，以细薄光润著称。南唐后主李煜极力推崇这种纸，并建澄心堂藏之，以此得名澄心堂纸。

⑤李承晏墨：五代南唐时墨工李承晏所制之墨，名闻一时。

【赏读】

本文是苏轼元祐元年（1086）任翰林学士、知制诰时所作。苏轼诗集中有《黄泥坂辞》："出临皋而东骛兮，并丛词而北转。走雪堂之陂陀兮，历黄泥之长坂。大江汹以左缭兮，渺云涛之舒卷。草木层累而右附兮，蔚柯丘之葱茜……"指出黄泥坂的所在，以及其周围的环境，苏轼"旦往而夕还"，在时间的流逝中不断地路过，"朝嬉黄泥之白云兮，暮宿雪堂之青烟"。这样的一篇妙文，据苏轼所说乃是在黄州大醉时所作，后来被孩子们藏了起来，也就不见了。黄庭坚、张耒、晁补之到苏轼家做客，想必是苏轼偶然提到自己曾在醉后写过这篇妙文，几个学生听说这样的趣事，就在苏轼家里到处寻找起来。找到后，将全文誊写清楚，张耒拿走了原稿。

苏轼的书法非常好，黄庭坚在《山谷题跋》中说苏轼："文章妙天下，忠义贯日月，本朝善书，自当推公第一。"也因此，苏轼的书法作品和他的诗歌一样，一写出便能够流传。王诜是苏轼的好友，便写信求字。话语中颇有耍赖的意味，也足见二人之亲近。于是苏轼又将《黄泥坂词》抄写一遍寄给了王诜。

据黄庭坚《题东坡字后》言："东坡居士极不惜书，然不可乞；有乞书者，正色诘责之，或终不与一字。元祐中，锁试礼部，每来见过，案上纸不择精粗，书遍乃已。性喜酒，然不能四五龠已烂醉。不辞谢而就卧，鼻酣如雷。少焉苏醒，落笔如风雨，虽谑弄皆有义味，真神仙中人。"从中既可见苏轼对王诜的大方，亦与本文中酒后洒脱可作一参看。

老饕^①赋

庖丁^②鼓刀，易牙^③烹熬。水欲新而釜欲洁，火恶陈^④而薪恶劳^⑤。九蒸暴而日燥，百上下而汤鏖。尝项上之一脔^⑥，嚼霜前之两螯^⑦。烂樱珠^⑧之煎蜜，滃杏酪之蒸羔^⑨。蛤半熟而含酒，蟹微生而带糟。盖聚物之夭美，以养吾之老饕。

婉彼姬姜^⑩，颜如李桃。弹湘妃之玉瑟，鼓帝子之云璈^⑪。命仙人之萼绿华^⑫，舞古曲之郁轮袍^⑬。引南海之玻璃，酌凉州之葡萄。愿先生之耆寿^⑭，分余沥于两髦^⑮。候红潮于玉颊，惊暖响于檀槽^⑯。忽累珠之妙唱^⑰，抽独茧之长缲^⑱。闵手倦而少休，疑吻燥而当膏^⑲。倒一缸之雪乳^⑳，列百椀^㉑之琼艘^㉒。各眼滟于秋水，咸骨醉于春醪。美人告去已而云散，先生方兀然而禅逃。响松风于蟹眼^㉓，浮雪花于兔毫^㉔。先生一笑而起，渺海阔而天高。

【注释】

①老饕：《神异经》云："饕餮，兽名。身如羊，人面，目在腋下，食人。"《左氏传》："缙云氏有不才子，贪于饮食，冒于货贿。天下之民，以比三凶，谓之饕餮。"此处指好吃之人。

②庖丁：厨师。《庄子·养生主》塑造了个善于解剖牛的庖丁。

③易牙：春秋时齐国人，为齐桓公的内侍，擅烹调，善逢迎，甚得桓公的宠爱。

④火恶陈：东坡自注："江右久不改火，火色皆青。"改火，古时钻木取火，一年四季取不同的木柴，称改火。

⑤薪恶劳：不用车脚木之类因劳作汗水所渍的木料当柴火。《晋书》："（荀勖）尝在帝座进饭，谓在座人曰：'此劳薪所炊。'咸未之信。帝遣问膳夫，乃云：'实用故车脚。'"

⑥项上之一脔（luán）：禽畜颈后部的一块肉，据说这肉最鲜美。脔，切成小块的肉。

⑦霜前之两螯：下霜前的螃蟹，据说秋季霜前的螃蟹最肥美。

⑧樱珠：小粒樱桃。《本草纲目》曰："其颗如璎珠，故谓之樱。"

⑨瀹杏酪之蒸羔：用杏汁蒸羊羔。瀹，形容云起。杏酪，杏的浆汁。

⑩姬姜：古代美女的代称。

⑪云璈：古乐器名，又名云锣，金属制，以多面小锣连缀在一木架上，以厚薄分音之清浊。

⑫萼绿华：传说中的道教女仙，美丽多情。唐白居易《霓裳羽衣歌》："上元点鬟招萼绿，王母挥袂别飞琼。"

⑬郁轮袍：古乐曲名，传为王维所作。

⑭耆寿：泛指长寿者。耆，古称六十为耆。

⑮髫：古指幼儿垂在额前的短发。此处代指儿童。

⑯檀槽：檀木做的琵琶等乐器上架弦的木格。唐李贺《感春》诗："胡琴今日恨，急语向檀槽。"

⑰累珠之妙唱：美妙的歌声如颗颗玉珠那般圆润，比喻歌声美妙动听。累珠，接连不断的珠子。

⑱抽独茧之长缫（sāo）：比喻歌声细柔悦耳，像从茧上抽出的一根长丝，悠悠不断。缫，同"缲"，丝。

⑲疑吻燥而当膏：怀疑唇已干裂应涂上油膏，意为歌者久唱所致。

⑳雪乳：指用团茶烹煮成的饮品。

㉑柁（duò）：通"舵"，船舵。

㉒琼艘：指装美酒的船只。

㉓响松风于蟹眼：形容烹茶时，水将要沸腾的情状。宋庞元英《谈薮》载："俗以汤之未滚者为盲汤，初响松风于蟹眼。"松风，比喻水开的响声如风过松林。蟹眼，指茶水初滚时冒起的小泡。

㉔浮雪花于兔毫：形容冲茶时杯中所泛起的白沫。兔毫，代指茶碗。

【赏读】

本文写于元符二年（1099），当时苏轼被贬居儋州。儋州那时是蛮荒之地，生活非常清苦，用他的话说就是"此间食无肉，病无药，居无室，出无友，冬无炭，夏无寒泉，然亦未易悉数，大率皆无耳"。在这样的环境下，他也常常感到苦闷，曾写下"世事一场大梦，人生几度新凉"的感慨，还写下"夜来饥肠如转雷，旅愁非酒不可开"的窘迫，但是在此期间，他还写了这篇《老饕赋》。

此文以四六骈俪之体写成，文辞华美，典故雅致，对仗工稳，音韵铿锵，在引经据典的同时，又能够写得洒脱风趣。在儋州的日子里，苏轼用他独有的生活情趣创造美食、挖掘美食，用旷达的心境创造出属于他的人间烟火气，正如本文的最后一句所言："先生一笑而起，渺海阔而天高。"既然世事如一场大梦，不如就做个"老饕"吧。

菜羹赋并叙

东坡先生卜居南山之下，服食器用，称家之有无。水陆之味①，贫不能致，煮蔓菁、芦菔、苦荠而食之。其法不用醯酱②，而有自然之味。盖易具而可常享。乃为之赋，辞曰：

嗟余生之褊迫③，如脱兔④其何因。殷诗肠之转雷⑤，聊御饿而食陈。无刍豢以适口，荷邻蔬之见分。汲幽泉以揉濯，搏露叶与琼根。爨⑥铜锜⑦以膏油，泫⑧融液而流津。适汤蒙如松风，投糁豆而谐匀。覆陶瓯之穹崇⑨，谢搅触之烦勤。屏醯酱之厚味，却椒桂之芳辛。水初耗而釜泣⑩，火增壮而力均。滃⑪嘈杂而麋溃，信净美而甘分。登盘盂而荐⑫之，具匕箸而晨飧⑬。助生肥于玉池⑭，与五鼎⑮其齐珍。鄙易牙之效技，超傅说而策勋。沮彭尸⑯之爽惑，调灶鬼之嫌嗔。嗟丘嫂⑰其自隘，陋乐羊⑱而匪人。先生心平而气和，故虽老而体胖。计余食之几何，固无患于长贫。忘口腹之为累，以不杀而成仁⑲。窃比予于谁欤？葛天氏⑳之遗民。

【注释】

①水陆之味：指鱼和肉一类的美味。

②醯酱：醋和酱，泛指调料。

③褊（biǎn）迫：逼仄，狭小。

④脱兔：喻到处奔波。

⑤殷诗肠之转雷：形容肚饿而肠鸣如雷。殷，雷声。

⑥爨（cuàn）：烧火做饭。

⑦铏錡（xíng qí）：古代盛羹的小鼎。

⑧泫（xuàn）：水珠下滴。

⑨穹崇：形容覆盖在锅上的陶瓯高高隆起的样子。

⑩釜（fǔ）泣：用锅焖煮的响声。

⑪滃（wěng）：形容水气蒸腾的样子。

⑫荐：进献，指把煮熟的菜肴奉献出来。

⑬晨飧（sūn）：早饭。飧，泛指熟食、饭食。

⑭玉池：道家语。道家称口为玉池。

⑮五鼎：古代大夫祭礼用五鼎，分别装肤、羊、豕、鱼、腊。

⑯彭尸：道家语。道教认为人体中有三虫在作祟，即彭倨、彭质、彭矫。

⑰丘嫂：汉高祖刘邦的嫂子。

⑱乐羊：战国时期魏文侯的将领。据《战国策·魏

一〉："乐羊为魏将而攻中山。其子在中山，中山之君烹
其子而遗之羹。乐羊坐于幕下而啜之，尽一杯。"

⑲以不杀而成仁：意思是因为食菜不杀生，而成就
了儒家仁恕的道德修养。

⑳葛天氏：传说中的上古帝王。

【赏读】

苏轼在儋州所作的赋，可考的有《沉香山子赋》《天
庆观乳泉赋》《酒子赋》三篇。王文诰据何薳所记，谓东
坡海外共五赋，遂定此篇为海南作。

绍圣四年（1097），苏轼由惠州贬至儋州，第二年在
城南买地建房。写作此赋时，几乎是苏轼人生中生活最
困顿的时候，例如《答程全父推官》中就讲述了他初到
这里的经历："僦官屋数椽；近复遭迫逐，不免买地结
茅，仅免露处，而囊为一空。"可知苏轼初到此处虽勉强
有处容身，但不久之后便被驱逐无处可去，在这时候只
能倾尽所有买地。

此地的吃食，较之前在密州、黄州期间也更为困难。
《纵笔三首（其三）》就说道："北船不到米如珠，醉饱
萧条半月无。明日东家当祭灶，只鸡斗酒定膰吾。"鱼、
肉这些，因为此时的贫困都没有办法得到了，平日里除
了靠当地百姓送来的食物之外，家人很多时候只能以蔓

菁、芦菔、苦荠之类的野菜作为食物，虽然连调料都没怎么加，但却能从中品得食物的原味。通篇写如何吃这些素食，渲染出一种自足自乐的气氛，末尾以葛天氏之遗民自居，表现出自己面对苦难时安享于生活的态度。

文中称："先生心平而气和，故虽老而体胖。计余食之几何，固无患于长贫。忘口腹之为累，以不杀而成仁。"也呈现出了苏轼此时心平气和的心境。苏轼的幽默感，其实也是他能在困苦的岁月中笑着走下去的原因。

真一酒法

岭南不禁酒，近得一酿法，乃是神授。只用白面、糯米、清水三物，谓之真一法酒。酿之成玉色，有自然香味，绝似王太驸马[①]家"碧玉香"[②]也，奇绝！奇绝！白面乃上等面，如常法起酵，作蒸饼，蒸熟后以竹篾穿挂风道中，两月后可用。每料不过五斗，只三斗尤佳。每米一斗，炊熟，急水淘过，控干，后令人捣细白曲末三两，拌匀入瓮中，使有力者以手拍实。按，中为井子，上广下锐，如绰面尖底碗状，于三两曲末中，预留少许糁盖醅面[③]，以夹幕覆之。

候浆水满井中，以刀划破，仍更炊新饭投之。每斗投三升，令入井子中，以醅盖合。每斗入熟水两碗，更三五日，熟，可得好酒六升。其余更取醨者四五升，俗谓之二娘子[④]，犹可饮。日数随天气冷暖，自以意候之。天大热，减曲半两。干汞法传人不妨，此法不可传也。

【注释】

①王太驸马：即王诜，字晋卿，北宋英宗朝驸马。善书画，与苏轼交往密切。

②碧玉香：酒名，苏轼在门生王定国家中品尝过碧玉香美酒，酒是王诜送给王定国的，据传是王诜家酿的美酒。苏轼又称为"碧香"。苏轼曾作《送碧香酒与赵明叔教授》："碧香近出帝子家，鹅儿破壳酥流盎。不学刘伶独自饮，一壶往助齐眉饷。"

③醅（pēi）面：指酒的表面泛起的浮沫。醅，未经过滤的酒。

④二娘子：指的是头锅酒篦出后再次发酵而出的酒，即二锅之酒，俗称二太太，即不是发妻的夫人，比喻第二锅酒。

【赏读】

林语堂《苏东坡传》中说苏轼是"一个无可救药的乐天派，造酒试验家，酒仙"，的确，苏轼一生好酒，不仅喜欢饮酒，还会酿酒。

本文就详细地记述了真一酒的制作方法。关于"真一酒"，还曾作诗《真一酒》，小序曰："米、麦、水，三一而已，此东坡先生真一酒也。"其诗曰："拨雪披云得乳泓，蜜蜂又欲醉先生。稻垂麦仰阴阳足，器洁泉新表里清。晓日著颜红有晕，春风入髓散无声。人间真一东坡老，与作青州从事名。"又曾作《真一酒歌》："酿为真一和而庄，三杯俨如侍君王。湛然寂照非楚狂，终身不入无功乡。"据《世说新语》载，魏晋时期，桓温手下的一个主簿善于辨别酒的好坏。他把好酒叫作"青州从事"，因为青州有个齐郡，齐与脐同音，好酒力可以一直达到脐部；把次酒叫做作"平原督邮"，因为平原郡有个鬲县，鬲与膈同音，次酒的酒力只能到达胸腹之间。苏轼将真一酒称作青州从事，并一再吟咏，可见他对真一酒的珍爱。

苏轼之爱酒，在诗文中也常常体现。他在中秋夜与花月共饮说："持杯遥劝天边月，愿月圆无缺。持杯复更劝花枝，且愿花枝长在、莫离披。　　持杯月下花前醉，休问荣枯事。此欢能有几人知，对酒逢花不饮、待何时。"他边饮酒，边欣赏着夕阳、飞絮、鸟语、花香，说："夕阳飞絮乱平芜，万里春前一酒壶。"他在畅饮之后，曾经忘乎所以地说："使我有名全是酒，从他作病且忘忧。"他向往的隐居生活是要有酒相伴："几时归去，作个闲人。对一张琴、一壶酒、一溪云。"他登超然台，眺望春色烟雨，惆怅满怀，最后一句"诗酒趁年华"又显超脱旷达的东坡本色。

在儋耳^①书

　　吾始至南海^②，环视天水无际，凄然伤之，曰："何时得出此岛耶？"已而思之：天地在积水中，九州在大瀛海中，中国在少海中^③，有生孰不在岛者？覆盆水于地，芥浮于水^④，蚁附于芥，茫然不知所济。少焉水涸，蚁即径去，见其类，出涕曰："几不复与子相见，岂知俯仰之间，有方轨八达^⑤之路乎？"念此可发一笑。戊寅九月十二日，与客饮薄酒，小醉，信笔书此纸。

【注释】

　　①儋耳：地名，今海南省儋州市。

　　②南海：即海南。苏轼在绍圣四年（1097）被贬为琼州别驾，安置在昌化军。

　　③"天地"三句：语本《史记·孟子荀卿列传》邹衍语，代表了古人对大陆与海洋关系的看法。

　　④"覆盆水"二句：语出《庄子·逍遥游》："覆杯水于坳堂之上，则芥为之舟。"芥，小草。

⑤方轨八达：四通八达。方轨，两车并行。

【赏读】

　　本文作于元符元年（1098）年，时苏轼以垂暮之年远贬海外，在儋州度过了数年的时间，"凄然伤之"自在情理之中。在海上的生活自然与在陆地上不同，观茫茫大海，进而以齐物观来观照人生，苏轼思考起天人关系来。"天地在积水中，九州在大瀛海中，中国在少海中，有生孰不在岛者？"何止海南岛在海中呢？如果从大处看，中国也在大洋之中，所以芸芸众生都在为"海"环绕的"岛"上。如此，自己又何必为身处僻岛而伤怀呢？

　　后面以蚂蚁为覆盆之水所包围终又脱险的比喻，其实也是暗指自己。将一盆水倒在地上，一片小草对于蚂蚁而言也是一叶扁舟。而蚂蚁在草叶之上，看水也如人在舟中望大海，不知怎么样才能够回到大陆去。等到水干了，蚂蚁见到自己的同类，不由得感慨：原来以为经历了灭顶之灾，没想到"俯仰之间"就有了四通八达的路，前面所经历的不过只是一时之险。这只蚂蚁，何尝不是苏轼自己呢？所以他从"凄然伤之"至"一笑"。短短的一篇文章，融个人情感于内，又有充满灵性的寓言。使人喜爱的则是苏轼的了悟与旷达，其独特的风神则更让后人向往。

儋耳夜书

己卯①上元,余在儋耳,有老书生数人来过,曰:"良月佳夜,先生能一出乎?"予欣然从之。步城西,入僧舍,历小巷,民夷②杂糅,屠酤③纷然,归舍已三鼓矣。舍中掩关熟寝,已再鼾矣。放杖而笑,孰为得失。问先生何笑?盖自笑也,然亦笑韩退之钓鱼无得④,更欲远去,不知钓者未必得大鱼也。

【注释】

①己卯:宋哲宗元符二年(1099)。

②民夷:汉人百姓与当地少数民族。

③屠酤(gū):泛指各种店铺商贩。屠,宰牲者。酤,卖酒者。

④钓鱼无得:语出韩愈《赠侯喜》:"君欲钓鱼须远去,大鱼岂肯居沮洳。"

【赏读】

儋州时期的苏轼已经是六十多岁的老人了，这一年的上元节，有几个本地的老书生邀他一同游赏灯市，他欣然而往。他们一起从东城步行到西城，出入寺庙精舍，穿过大街小巷，看到与以往不同的汉人与黎族人混居、屠户与酒家杂处的生活状况。我们可以想象到此时响起的各种声音：车市声、叫卖声，也许还一起坐下喝了几口土酒。如此逛来逛去，兴尽而归，回到家中已经到三更天。家门已经关上了，此时苏轼放下手杖，不由得笑了起来。

笑什么呢，苏轼说到了韩愈。韩愈曾作诗称："晡时坚坐到黄昏，手倦目劳方一起。暂动还休未可期，虾行蛭渡似皆疑。举竿引线忽有得，一寸才分鳞与鬐。是日侯生与韩子，良久叹息相看悲……我言至切君勿嗤。君欲钓鱼须远去，大鱼岂肯居沮洳。"诗中提到的侯喜善为文，然而仕途颇不顺，因与韩愈交游多年，曾受韩愈举荐，此诗作于侯喜未登进士第时。而韩愈曾与侯喜、李景兴、尉迟汾等人于贞元十七年（801）七月二十二日到洛水旁垂钓，因钓鱼而引出了关于仕途的深层感慨，重点在于尾句"君欲钓鱼须远去，大鱼岂肯居沮洳"。古人常以垂钓比喻追求功名，韩愈此诗是告诉侯喜如果想要求得功名，需要更多的谋划和付出。

苏轼嘲笑韩愈，说韩愈必欲得大鱼方休，但岂不知作为钓者，未必一定会钓到大鱼。钓不到大鱼又怎样，仍然可以快乐自足啊，由此表达了自己因缘自适、随遇而安的生活态度。

本文叙事简明生动，意趣盎然，老书生们的雅兴，苏轼的大笑甚至家人的熟睡再鼾，无不跃然纸上。

记三养

东坡居士自今日以往，不过一爵一肉①。有尊客，盛馔②则三之③，可损不可增。有召我者，预以此先之④，主人不从而过是者，乃止。一曰安分以养福，二曰宽胃以养气，三曰省费以养财。元符三年八月。

【注释】

①一爵一肉：每餐只饮一杯酒，吃一个荤菜。

②盛馔（zhuàn）：丰盛的食物。

③三之：三倍。即饮三杯酒，吃三个荤菜。

④预以此先之：预先以只喝三杯酒吃三个荤菜告诉主人。

【赏读】

本文写于元符三年（1100），即苏轼去世的前一年，这已经是苏轼生命的末年了。苏轼本来好酒好肉，从在黄州自创东坡肉、在惠州想尽办法吃羊肉就可见一斑。

然而在此文中，苏轼却给自己定下了饮食标准，每天只饮一杯酒只吃一种肉菜，即便是朋友邀请最多也只饮三杯酒吃三种肉菜，饭前就事先说明自己的标准。有趣的是，苏轼最终却归结到"安分以养福""宽胃以养气""省费以养财"上。尤其是最后一条，其实就是省钱，读来颇有诙谐幽默之趣。

南宋胡仔《苕溪渔隐丛话》中曾经提到："凡人能处忧患，盖在其平日胸中所养。"指的大概就是苏轼这一类人吧，因为有所养——安分以养福、宽胃以养气、省费以养财，所以能在危难之中淡定从容。苏轼自"乌台诗案"之后，开始与禅宗走得越来越近，本文所述，有爱好却不沉溺，求适度又能够自律，呈现出了很高的修养。

宋祁《宋景文公笔记》云："食者，人仰以生也，适则饱，过则病，甚病者死。"饮食要适当，不然就会容易产生疾病。苏门四学士之一的张耒《张太史明道杂志》云："某见数老人皆饮食至少，其说亦有理。内寺张茂则，每食不过粗饭一盏许，浓腻之物，绝不向口。老而安宁，年八十余。"可见节食在当时已经是一种普遍的风气。

广武①叹

　　昔先友史经臣②彦辅谓余："阮籍③登广武而叹曰："时无英雄，使竖子成其名！'④岂谓沛公⑤竖子乎？"余曰："非也，伤时无刘、项⑥也，竖子指魏、晋间人耳。"其后余游润州甘露寺⑦，有孔明、孙权、梁武⑧、李德裕⑨之遗迹，余感之赋诗，其略曰："四雄皆龙虎，遗迹俨未刓⑩。方其盛壮时，争夺肯少安！废兴属造化，迁逝谁控抟⑪？况彼妄庸子，而欲事所难。聊兴广武叹，不得雍门弹⑫。"则犹此意也。今日读李太白《登古战场》诗⑬云："沉湎呼竖子，狂言非至公。"乃知太白亦误认嗣宗⑭语，与先友之意无异也。嗣宗虽放荡，本有意于世，以魏、晋间多故，故一放于酒，何至以沛公为竖子乎？

【注释】

　　①广武：古城名，故址在今河南荥阳广武镇，有东西二城，隔涧相对。楚汉相争时，刘邦、项羽分别登上

东西城，成对峙之势。

②史经臣：字彦辅，眉山名士，与苏轼父亲苏洵要好，并于同年考制策中举，在蜀中很有名望，终生未仕，苏轼曾称赞史经臣的《思子台赋》最善。

③阮籍：字嗣宗，三国时魏国人。陈留尉氏（今河南尉氏）人，擅长文赋，"竹林七贤"之一。著有《咏怀诗》《大人先生传》等，其著作收录在《阮籍集》中。

④"时无"二句：语见《晋书·阮籍传》。

⑤沛公：汉高祖刘邦，因其起兵沛县，故称。

⑥刘、项：指刘邦、项羽。

⑦润州甘露寺：在今江苏镇江北固山上。隋开皇十五年（595）置润州，此为润州行政建置取名之始，唐因袭旧制。北宋政和三年（1113）升润州置镇江府。甘露寺传为刘备招亲之处，唐宝历中李德裕曾扩建。

⑧梁武：南朝梁武帝萧衍，梁朝的建立者。

⑨李德裕：唐武宗时宰相。

⑩刓（wán）：（用刀子等）挖。

⑪控抟（tuán）：把持，控制。

⑫不得雍门弹：指空有才华，无知音赏识。雍门，指雍门子周，战国时齐国之善鼓琴者。他曾为孟尝君鼓琴，令其感动落泪。

⑬李太白《登古战场》诗：即李白《登广武古战场

怀古》。

⑭嗣宗：即阮籍，字嗣宗。

【赏读】

感叹英雄历来也是文人创作的一种主题。刘邵《人物志·英雄》中称："夫草之精秀者为英，兽之特群者为雄。故人之文武茂异，取名于此。是故聪明秀出谓之英，胆力过人谓之雄……若一人之身，兼有英雄，则能长世，高祖、项羽是也。"对于英雄，不同的人也有着不同的见解，本篇是苏轼在润州甘露寺见到古代英雄遗迹时的感慨。

广武乃楚汉相争的古战场，《晋书·阮籍传》载："尝登广武，观楚汉交战处，叹曰：'时无英雄，使竖子成名！'"后世人们，包括唐代诗人李白和苏轼好友史彦辅都认为阮籍说的"竖子"是指刘邦，是说楚汉之际没有英雄人物，才使得刘邦成就千古功名。

但苏轼却不认同此观点。他认为阮籍虽然表面上沉沦狂放，实际上也是有意于世的，也希望能出世为官，建功立业，只因魏晋时政治黑暗，处境险恶，所以只能沉湎于饮酒。所以，他不可能将叱咤风云的汉高祖刘邦视为"竖子"。苏轼认为阮籍所谓"竖子"是指魏晋时期那些所谓名人，而"英雄"则指刘邦、项羽，就因为没有刘、项这样的千古英雄，才会让司马炎、钟会之流成名。

《德才兼备·作业创新设计》

"核四层四翼"创新编写

《德才兼备·作业创新设计》